さむらい

〈武士〉時代小説傑作選

あさのあつこ／中島 要／梶よう子
佐藤 雫／朝井まかて
細谷正充 編

JN229903

PHP
文芸文庫

○本表紙デザイン＋ロゴ＝川上成夫

さむらい〈武士〉時代小説傑作選　目次

花散らせる風に

あさのあつこ

一

女は女郎《じょろう》のように、声を上げた。

枕元に一基だけ灯《とも》した行燈《あんどん》の灯《ひ》が、のけぞった女の喉と丸みを帯びた顎《あご》を照らし出す。汗を滲《にじ》ませ湿った肌が、手のひらに吸いついてくる。その肌も女郎のようだった。

これは、確かに……。

葉村吉佐衛門《はむらきちざえもん》は小さく呻《うめ》いていた。

逸品《いっぴん》であるな。

「あぁ……」

女が身を震わせ何かを口走った。人の名前に聞えた。男の名かもしれない。あるいは、ただの善《よ》がりだったのかもしれない。

身体《からだ》の震えが治まると、女はそのまま動かなくなった。

行燈の明かりが揺らぐ。遠くで、犬が吼《ほ》えている。

梅が匂った。

庭には紅と白、二本の梅の古木が植わっている。どちらも、七、八分の花咲きである。

夜陰《やいん》に漂う香りを控え目でありながら濃く甘いと感じるのは、目合《まぐわ》った後の体臭が混ざり込むからだろうか。

女が身じろぎをした。

「どなたかが、おいでになります」

掠《かす》れたか細い声を出す。その声音《こわね》とはうらはらに、起き上がり手早く身拵《みごしら》えをする。実に手際のよい動きだった。さっきまでの、しどけない有様はどうしたのだと苦笑いしそうになる。

あれは芝居だったわけか……とすれば、やはりこの女、女郎の類《たぐい》であるのか。

女の名は花江《はなえ》という。三月《みつき》も前に吉佐衛門付きの女中として雇い入れた。むろん、それは表向きのことで、裏を返せば閨《ねや》の相手にと紀野屋《きのや》が遣わした女だ。ほっそりした身体付きのわりに胸にも尻《しし》にも豊かな肉を蓄えてはいたが、さほど目立つ容姿ではなかった。あの紀野屋が遣わすからには、さぞや美貌の女子《おなご》であろうと一人勝手に思い込んでいた吉佐衛門は、いささか拍子抜《ひょうしぬ》けがし、落胆もした。傍に侍《はべ》らせて三月、手を付けなかったのは、この程度の女しか寄こさなかった豪商への当てつけのつもりだった。

花江を閨に呼んだのは、昨日、顔を合わせた紀野屋の主《あるじ》、藤平太《とうへいた》が含み笑いをしながら「ご家老さま、わたくしは一等の女を差し上げました。真の意味で一等の女を、でございます」と口にしたからだ。口元は笑《え》んでいたけれど、眼は笑っていなかった。その眼つきと口振りに誘われて、地味な顔立ちの女を抱いた。

抱いてみて、紀野屋の言う「一等」の意味が解《げ》せた。

これは、確かに……逸品であるな。

女の身体に絡まりながら、我知らず呻いていたのだ。

溺《おぼ》れるとはいささかも感じなかったが、手放したくないとは思った。手放したくないと思う女に久々に出会った。

紀野屋め、やるものだ。

梅と女の香を嗅《か》ぐ。

廊下《ろうか》を渡る微《かす》かな足音が聞えた。

「そなた、耳聡《ざと》いな」

「畏《おそ》れ入ります。殿さまも早うに御仕度を」

花江が後ろに回り、吉佐衛門の肩に肌衣《はだきぬ》を着せかける。吉佐衛門はその手首をつかんだ。細いくせに柔らかい。女の肉の柔らかさだった。

「まだ、そなたに些《いささ》か未練が残っておるの。まだ、夜が明ける刻《とき》でもあるまい」

「けれど……」

「あれは、火廻りの足音だ。気にすることはない。せっかくの身拵えを無駄にするのも気が引けるが……帯はわしが解いてやろう」

花江はまぁと呟《つぶや》いたきり、何も答えなかった。手首を摑《つか》んだ男の指をはらう素振りも見せなかった。かといって、身を寄せてくるのでも眸《ひとみ》に媚《こび》を浮かべるでもない。

肌を思う。

花江の肌は吉佐衛門の手のひらに、汗ばみ柔らかく、そのくせ確かな肉の手応えを伝えてきた。地味な鳩羽鼠《はとばねずみ》の小紋の下にあの肌が隠れている。そういう肌を隠し持った女に惹《ひ》かれる。

溺れはしない。しかし、惹かれる。

これは、心せねばならんな。

吉佐衛門は花江の手を放し、軽く指を握りこんだ。

紀野屋がこの女を遣わしたのは、重臣への賂《まいない》の意味だけではないのかもしれない。

紀野屋藤平太の扁平《へんぺい》な、どことなく人好きする容貌を思い浮かべる。小体《こてい》の搗米《つきごめ》屋に過ぎなかった紀野屋を一代で城下随一の商家にまで押し上げた人物が、見かけどおりの好々爺《こうこうや》であるわけがない。十分に承知している。

女の名を呼んでみる。

「花江」

「はい」

「そなた、紀野屋に何事かを言い含められて、ここに参ったか」

露骨《ろこつ》に問い質《ただ》す。遠回しに仄《ほの》めかすよりも、露骨に問い質す方が功を奏することが、ままあるものだ。

花江はしばし黙り、静かに息を一つ、吐いた。

「旦那さまに心底《しんてい》からお仕えするようにと、仰せ付かって参りました」

「それだけか」

「それだけにございます」

「探れとは、言われなんだか」

花江が微かに首を傾《かし》げる。

「探れとは、いかような意味でございましょう」

とぼけている風はなかった。むろん、芝居かもしれないが。

「わしの胸内を探り、小舞《おまい》の政《まつりごと》をどう進めようとしているか探れとは命ぜられはせなんだかと、問うておる」

「そのようなことは、少しも。万が一、仰せ付かったとしても、わたしには無理でございます。旦那さまのお心内を探るなど、できようはずがありません。何より、旦那さまが女子を相手にして、政のあれこれを枕言葉に口にすると、紀野屋さんが思うはずがございません。そのような思い違いをするほど……」

「甘い男ではないか」

「はい」

紀野屋との付き合いは、吉佐衛門が執政の末端に加わってほどなく始まっている。

「葉村さまは、いずれはこの小舞の、政の要《かなめ》となる御方。いえ、お家柄の話ではございませんよ。政を司る器量を申し上げております」

「わしが要に相応《ふさわ》しい者と、申すか」

「看破《かんぱ》したと言うて頂きたいものですな」

「上手口《うまくち》をつきおって」

「葉村さま、わたしは商人でございます。執政の御方々の力量を見極められなければ、大きな商《あきな》いは成り立ちませぬ。だからこそ、僭越《せんえつ》ながら御方々の器を計らせていただくのです。葉村さま、あなたが真の執政としての器である限り、わたしめはどのような助力も厭《いと》いませぬ。それをお忘れなきように」

若い吉佐衛門の前に、紀野屋は深く低頭した。

あれから歳月が流れ、流れた。それなのに、時折、やけに生々しく思い出す。紀野屋の身につけていた羽織が茄子紺《なすこん》であったことまで、思い出す。

紀野屋藤平太は、今のわしの器をどう計っているか。ふふ、一度、尋ねてみたいものよ。

吉佐衛門は、花江を抱き寄せようと伸ばした手を、止めた。

足音が近づいて来る。

忙《せわ》しい音だ。少しばかり乱れてもいる。

吉佐衛門の胸に初めて細波《さざなみ》が立った。

これは、火廻りではない。

三年前、台所方の火の不始末が原因で、小火《ぼや》を出したことがある。幸い、竈《かまど》と板場の一部が焦げただけで、大事にはいたらなかったが、吉佐衛門は心胆《しんたん》を冷やした。当日は風が強く、二十日近く雨らしい雨が降っていなかったのだ。一つ間違えれば、付近一帯に広がる大火を招くところだった。自火によって城下に禍害《かがい》をもたらしたとあっては、家名断絶は免《まぬか》れまい。運よく免れたとしても、吉佐衛門自身は腹を切らねばならない。

小舞藩筆頭家老という藩政の中枢《ちゆうすう》に昇りつめたばかりだった。腹を切るなど、とんでもない。おれはこれからなのだ。これから為すべきことが、あるのだ。

吉佐衛門は焦げて燻《くす》ぶる板場を見ながら、奥歯を嚙み締めた。台所方は下女《げじよ》を含め厳しく処した。全員に暇を出し、新たに人を雇い入れたのだ。そして季節に拘《かか》わらず、昼二回、夜二回、屋敷内の火の見廻りを命じた。

小舞藩は、冬場、里にはさほど雪は積もらない。雨も少なく、からりと晴れた晴天の日が続く。遠く雪を抱いた峰が碧空《あおぞら》に映える風景は、なかなかに美しくもあったが、山々から吹き下りてくる風は全てを冷たく乾かしてしまう。一度、火が出れば容易に燃え広がり、城下を焼き尽くす懸念は十分にあり得た。

吉佐衛門が筆頭家老として最初に着手した仕事は、藩内の火消し組の再編と強化だった。各町に一組ある火消し組は、往々にして縄張り意識が強く他の組との関わりを嫌う。その意識を変え、横の繋《つな》がりを新たに結ばせることに腐心したのだ。同時に、掘割の整備を徹底し、柚香下《ゆかげ》、槙野《まきの》という二つの河川から安定した水量を城下に引き入れられるようにした。天水桶の数を増やし、火を使う風呂屋や料理屋への見廻りを強めもした。

一昨年、一色《いっしき》町の商家からの出火が、その商家の半焼と隣接した二軒の類焼だけで消し止められたのは、筆頭家老葉村吉佐衛門の功績だと称えられ、吉佐衛門の評判は一気に高まった。

その評判を足がかりとして、これまでの年月、己《おのれ》の立場をさらに盤石とすべく努めてきた。その努めの内には、紀野屋などの豪商と密に繋がることも、金の力を借りて己の勢力を広げて行くことも、政敵を追い落とし我が地位を守ることも含まれる。かといって、吉佐衛門は私腹を肥やすことだけに邁進《まいしん》してきたわけではない。己の栄達のみに汲々とする為政者に堕《お》ちる気は毛頭なかった。

それまで、当たり前に行われていた家中の扶持《ふち》の借り上げを廃しつつ、質素倹約を奨励し、藩の諸経費を絞れるだけ絞る。ことごとくが失敗したわけではないが、ことごとくが成功したわけでもなかった。奥向きの掛かりを大幅に減じたときには、藩主の側室、お栄の方から「葉村は、人にあらざらん」と面罵《めんば》された。江戸藩邸の費用をやはり強引に減じたさいには、藩主の逆鱗《げきりん》に触れ、あわや、致仕《ちし》、隠居を余儀なくされるかと覚悟をした。それでも、吉佐衛門が筆頭家老職に留まり、その威力がいささかも揺るがなかったのは、吉佐衛門の辣腕《らつわん》を藩主も藩主の寵妃《ちようひ》も認めざるを得なかったからだ。

奮闘と呼ぶに相応しい努力は徐々に実を結んでいく。これも徐々にではあるが、藩の収入が増え藩庫は豊かになっていった。三年続けて天候に恵まれ豊作であったことも幸いした。むしろ、その幸運によるところが大きかったかもしれない。どちらにしても、藩の財政は持ち直した。その立役者として、吉佐衛門の名はまたさらに高まっていったのだ。

今や、表立って筆頭家老に逆らう者も、執政会議の場で異を唱える者もいない……はずではなかったか。

山中《やまなか》のやつ。

色白く、豊頬《ほうきよう》、目立って大きい耳朶《じだ》。

中老山中織部《おりべ》の絵に描いたような福相が浮かぶ度に、吉佐衛門はなぜか、ため息を吐いてしまう。切歯《せつし》でも、扼腕《やくわん》でもなく、吐息が漏れるのだ。

あやつ、満座の中で、わしにたてつきおった。

憤怒《ふんぬ》ではなく、苛立ちでもない。静かな、もの哀しくさえある情が滲みだす。枯野で聞く小流《しょうりゅう》の音のように、もの哀しい。

思いは三日前の執政会議へと流れていく。

会議の最中、吉佐衛門の提案した案件に織部は異を唱えた。

「お待ちくだされ葉村どの。それはいささか無謀でござろう」

織部は吉佐衛門の目をひたと見据え、一息に言い切ったのだ。

「無謀とな」

「まさに」

福相の中老は僅《わず》かに視線を下げ、鷹揚《おうよう》にうなずいた。

「無謀としか言いようがござらぬ」

「どこが、である」

「全てにおいてでござる」

「全てとは……山中、聞き捨てならんぞ。委細を述べてみよ」

吉佐衛門は語気を荒くして、織部を睨《ね》めつけた。睨《にら》まれた相手は、怯《ひる》みもたじろぎも見せない。仄《ほの》かに笑いさえした。

「委細云々《うんぬん》の前に、それがし、葉村どのの御真意を伺いたい。なぜ今、このような提案をなされるのかと。憚《はばか》りながら、それがしにはどうにも腑《ふ》に落ちぬのでござる」

腑に落ちぬのでござる。

その一言に、織部は微かながら戸惑いを含ませた。吉佐衛門は我知らず、目を逸《そ》らしていた。

空気がざわりと動いた。執政たちが顔を見合わせる。

織部の言う〝このような提案〟とは、新田作りのための荒蕪《こうぶ》地《ち》の開墾《かいこん》だった。藩の北部に、岩裡《いわうら》の山戸《やまど》とよばれる荒れ地が広がっている。獣さえ寄りつかぬとうわさされる不毛の地で、領地の北限は観音山《かんのんやま》という端山あたりまでで、その先は領内であって領内でなしとまで言われていた。

吉佐衛門はその岩裡の山戸の開墾を執政会議に政案として、提出したのだ。満《まん》を持《じ》してのことだった。よもや異論が出るとは、考えてもいなかった。筆頭家老として権勢を強めるにつれ、会議の場で吉佐衛門の口にした案件が否認されることはおろか、疑念を挟む者さえいなくなっていたのだ。執政七人の内、自身を含め五名までが葉村派、つまり吉佐衛門の手の内にあれば、根回しの必要さえないと思われた。次席家老の沼田《ぬまた》兵庫之助《ひょうごのすけ》は吉佐衛門と同年齢ではあったが、身体が弱く、会議に出席しないことも、出席しながら一言の発言もないまま辞することも珍しくない。

葉村、樫井《かしい》、水杉《みずすぎ》……。藩内には名門とよばれる家が幾つかあった。どれもが藩開闢《かいびゃく》の折から小舞藩主に仕え、血縁さえ深く結んだ家柄ではあったが、今、執政に連なるのは葉村吉佐衛門と沼田兵庫之助のみだった。そういう意味においても、吉佐衛門と互角に渡り合えるのは兵庫之助しかいない。その当人が、藩政の執行より我身の塩梅《あんばい》に心を砕いているのだから、必然、会議の場は吉佐衛門の独り舞台となる。

昔はそうではなかった。兵庫之助とは同門、日向《ひゅうが》道場で共に剣の腕を磨いた仲だ。もっとも、兵庫之助は剣よりも書物を好み、吉佐衛門ほど熱心に稽古《けいこ》に励みはしなかった。だからこそ、気が合ったのかもしれない。吉佐衛門は兵庫之助の剣才を素直に認め、吉佐衛門は兵庫之助の知力に一目置いていた。ほぼ同時期に相次いで中老に抜擢され、小舞の双璧《そうへき》と称されたときもあったのだ。当然、どちらが筆頭家老の座に就くか、陰でさまざまに騒がれもした。吉佐衛門自身、兵庫之助こそが生涯の荊棘《けいきょく》かと思い詰めたところもあった。兵庫之助とて、同じだったろう。顔を合わせれば談笑もするし、昔話に花を咲かせる。しかし、それは表面上の親密さに過ぎなかった。

もし、あのままだったら、どのような形で決着がついたか、どちらが筆頭家老の座を手にしていたか、吉佐衛門には判じられない。中老職に就いて数年後、兵庫之助は大病を患《わずら》い一時は命まで危ぶまれた。何とか一命は取り留めたものの、快復には多くの月日を要した。その間に、吉佐衛門は執政最高職に昇りつめた。

勝負は決したのだ。

執政に復帰し、次席家老となった兵庫之助は、もともと細かった身体がさらに削られ、覇気《はき》を失い、言葉少なになっていた。

あれでは名だけの家老、ただの置物に過ぎん。

陰で謗《そし》る者もいたし、「これで葉村さまの天下となり申したな」とへつらう者もいた。けれど、吉佐衛門は兵庫之助を侮《あなど》る気にも軽んじる気にもならなかった。沼田兵庫之助は知謀の者だ。知謀に身体の頑強さは必要ない。

油断してはならない。用心深く一手一手を積んだからこそ、今がある。この地位をまだ誰にも譲渡しはしない。いや、ますます、強固に盤石《ばんじゃく》に固めて行かなければならない。

己の内に渦巻く権勢への執着に吉佐衛門自身が驚く。おれはこのようなものであったのかと、息の詰まる思いがする。

そうか、おれは、このようなものであったのだ。

もっとも、吉佐衛門は己の権勢を盾に無理、無体を押し通そうとも、己の益や保身のみを計ろうとも考えてはいなかった。

執政とはつまり、領内をことなく治め、家中だけでなく町方、百姓にいたるまで、その暮らしをそこそこ立ち行かせるよう施政することに他ならない。

武士だ、武士だと威勢を張ってみても、米を作る百姓、物を作る職人、金を動かす商人たちがいなければ、世は成り立たない。口にするのも憚《はばか》られるが、為政者としてまっとうな政を行わなければ、太平の世に武士の生き残る途はなくなる。

己はかわいい。筆頭家老としての栄耀《えいよう》を、高きから流れ落ちるように集まってくる財を、何より政を思うがままに動かせる悦楽を、決して手放したくはなかった。そのためには、善政を敷くことだ。葉村吉佐衛門は名家老だとの揺るぎない信を他者に植え付けることだ。そのために何をすればいいか、吉佐衛門は不断に思案し続けている。その結果が、現今の安泰《あんたい》に繋がっていると自負していたし、ただの独り善がりではなく、万人の認めるところだとの自信もあった。この身の望月《もちづき》は幾久しく続くとも信じていた。

だからこそ、新田開墾を提議した。多少のやりとりは覚悟していたが、それは仲間内でのなれ合いのようなものだ。吉佐衛門が強く言い張れば、揉《も》めるわけがない。実際、これまで数え切れない案件が筆頭家老の一声で決定されてきたのだ。だから吉佐衛門は山中織部によらず他の誰の反論も、まるで想定していなかったし、反論への周到な用意も怠《おこた》っていた。

隙だった。

慢心が生んだ隙、自得《じとく》が故の油断。

織部は全身を上座《かみざ》に座る吉佐衛門に向けた。

「誤解なきよう申し上げるが、それがし、新田の開墾そのものに異を申し立てているわけではござらん。藩財政の安定のために、いずれは必要と考えておりもうす」

織部の声は朗々と響き、艶《つや》があった。三十四という若さだけでなく、声の質そのものが良いのだろう。

そう言えば謡《うたい》を道楽にしていると聞いたことがあったな。なかなかの才ではないか。師匠も教え甲斐があろう。

決して大きくはないのにくっきりと耳に届いてくる声に、吉佐衛門はふと、埒《らち》も無い思いを巡らせてしまった。

「ならば、山中どのは何をそのように熱《いき》り立ち、反駁《はんばく》されるか」

やはり中老の藤倉佐内《ふじくらさない》が言葉を挟む。吉佐衛門は思わず舌打ちしたくなった。佐内はむろん、葉村派の一人で吉佐衛門の推挙《すいきよ》によって中老の座を得た。吉佐衛門に対する忠誠は深いが、やや軽率の質《たち》がある。今も、筆頭家老に逆らう新参の執政を揶揄《やゆ》し咎《とが》めたつもりなのだろう。そこには阿《おもね》りの臭いが漂う。織部は熱り立ってなどいなかった。丁重に言葉を選び、反論していることは誰の目にも明らかだった。

織部が苦笑する。

「熱り立ったつもりは毛頭ござらんが、お見苦しき様などあれば、御許し願いたい。ただ、執政会議とは、何も葉村どのの仰せをありがたく拝聴するだけの場ではございますまい。我が藩にとって最上の方策を講じるため、論議を尽くす場ではなかろうかと。これが、それがしの所思《しよし》にござる」

織部が言い切った直後、空気はまたざわめいた。居並ぶ重臣たちが、ある者は遠慮がちに、ある者は瞠目《どうもく》したまま、吉佐衛門を見やる。執政に名を連ねて間もない若い中老が、筆頭家老葉村吉佐衛門に堂々と物申したことに仰天しているのだ。

ただ、吉佐衛門の胸の内は不思議に凪《な》いでいた。思いがけない一撃が去った後は、冷静に相手を見る余裕が出てきた。

剣と同じだ。

ただ、一念に相手を見よ。相手を見失うとは、つまり、敗れたということだ。

久方ぶりに、剣の師、日向三郎助《さぶろうのすけ》の教えを思い出した。日向道場の高弟として竹刀を握り、剣に生きたいと望んだ日々は遥か昔日《せきじつ》であり、三郎助もとうに鬼籍の人になってはいるが。

吉佐衛門は織部を見る。

まじまじと見詰める。

織部の心内がその口吻《こうふん》や態度ほど落ち着いているわけではないと、すぐに看取《かんしゅ》できた。額には薄く汗が浮かび、目尻の辺りが強張《こわば》っている。織部は、ひどく張り詰めていた。

「ちと、口が過ぎるぞ、織部」

吉佐衛門は口調を和《やわ》らげ、笑んでみる。

「年よりをあまり悪人呼ばわりするものではない。わしはわしなりに藩の行く末を思案して、ここに座っておる」

織部の頰に血が上った。肌が白いだけに、血の色が鮮やかだ。

「新田の開墾がいずれ必要になるとは、そなたも認めるところだと言うたな」

「いかにも。その点においてはご家老と同心、一分も異なるところはございません」

「新田の開発などというものは、一朝一夕《いっちょういっせき》になせるものではない。長の年月と膨大な人手、そして金がかかる。藩の命運をかけて、なすべき大事業だ」

「まさに」

「我が藩は、ここ数年、天候に恵まれ米の作柄もよく、かつ、藺草《いぐさ》の売り込みも順調であり、藩庫にはゆとりができた。これは諸藩の財政状況を鑑《かんが》みるに、稀《まれ》なる幸運と言うても過言ではあるまい」

その幸運を導いたのは、この、わしだ。

言外に匂わす。

「ただ、天候の良し悪しは人智の及ばぬところにある。いつ何どき、不順の年が訪れるやもしれん。だからこそ、新田の開墾による増産を計らねばならん。迅速《じんそく》でありながら慎重な手順を踏んでことに当たる。そのために、諸公の意見を伺いたいと、わしはそう申しただけであるぞ、山中。そなたが、岩裡の開墾を全て無謀と言い切るは、どういう所存だ」

織部は顔を上げ、一度、深くうなずいた。

「なぜ、岩裡でなくてはなりませぬ。あれほどの荒蕪地を開墾するは至難の上にも至難。かの地が開墾に適しているとは、それがし、どうしても思えませぬが」

「荒蕪地、荒れ野と言うが、それは岩裡の北端辺りにすぎん。南端にはかつて、山村があり田畑があったのだ」

「半田村《はんだむら》のことでござるな。もともと地は痩せて水の便は悪く、農には適さぬ土地でござった。それがゆえ、あの村で収穫できたのは僅かな米と稗《ひえ》、粟《あわ》の類《たぐい》。しかし、あの飢饉《ききん》のおり、村人の大半は餓死したと聞き及びました」

「それはちがう」

吉佐衛門は二度、三度、かぶりを振った。

もう三十年ちかく昔になる。

小舞は餓死者が出るほどの飢饉に見舞われた。春半ばまでは順当だった天候が、突如変調をきたしたのだ。長雨がつづき、日の照りが例年の半分にも満たなかったばかりか、山々が新緑に覆《おお》われようかという時期に冷湿な山背風《やませかぜ》が吹き渡り、植え付けたばかりの苗の多くが枯れ果てた。山の木は葉を落とし、季節が遡《さかのぼ》り冬が戻ったかのような風景が広がった。夏に入り、何とか天候は持ち直したものの、秋の初めに雹《ひょう》が降るという変事が続き、その年の米の収穫高は例年の実に四割に満たなかったという。

当然、藩財政も人々の暮らしも逼迫《ひっぱく》する。藩は、備蓄米の放出や年貢の軽減と猶予《ゆうよ》、一時的な貸付等、あらゆる手立てを講じた。それが功を奏したこと、飢饉の前年、前々年、そして翌年が豊作であったことが幸いして、小舞は何とか窮状から脱することができたのだった。

ただ岩裡にあった半田村は、飢饉の度合いが酷《ひど》く、村人のほぼ八割が餓えて死んだと、『小舞実記』には記されている。

「半田村から多数の死者が出たのは、藩の落ち度だ。いや、意図《いと》して半田村を救おうとしなかったのだ」

吉佐衛門の一言に、織部の眉が上がった。

「半田村の長人《おさびと》から幾度となく訴えのあった布施米《ふせまい》の配給をせず……つまり、見殺しにしたわけよ。いや、そうではなく、半田村まで回す米がなかったのが実情であったろう。辺陬《へんすう》に回すより、まずは城下と近在の村々を救わねばならぬとの判断だと思われる。半田村は一切の救済のないまま、滅んだ」

一瞬、眼を閉じていた。

眼裏《まなうら》に女にしては凛々《りり》しく、若木を思わせて清々《すがすが》とした面影が過《よぎ》る。それは束の間で闇に埋もれていった。

「ご家老は、半田村をかの地に復古させることをお望みか」

張りのある声が耳中に響いて来る。

これも一瞬だが、夢から覚めた心地がした。

「復古？　さようなことは考えてはおらぬ」

言下《げんか》に言い切った。

半ば真であり、半ば嘘だった。

失ったものは帰って来ない。たとえ、岩裡に新たに村落ができたとしても、そこに瑠衣《るい》はいない。どれほどの財、どれほどの権力を握ろうと、過去を手繰《たぐ》り寄せることは誰にもできない。しかし、人の想いに人は応えられる。

「どうか、この地のことをお忘れくだされますな。お心の片隅に刻んで、生きてくだされませ」

瑠衣の意思の宿った一言がよみがえる。まっすぐに、見詰めてきた黒い眸《ひとみ》の光もよみがえる。

忘れたことなどなかった。ずっとひきずって生きてきた。

「ならば、なぜ、岩裡に固執《こしつ》なさるのです。半田村が藩の思惑により見捨てられたとしても、それは、それだけの土地でしかなかったが故《ゆえ》でありましょう。元来が痩せ地でさほどの収穫は望めぬ在《ざい》。新田開墾には巨額の費用がかかる。岩裡の開墾ともなれば、五千両、いや、下手《へた》をすれば万両に近い掛かりとなりまする。今、藩庫は安定しているとはいえ、それは、ただ一息つけたという状況とさほど違いはござらぬ。巨額の費用を賄《まかな》えるだけの余力があるとは、それがしにはとうてい思えませぬ。よしんば、開墾が成功し、岩裡に新田ができたとして、出費に見合うだけの収穫があるのかどうか、甚だ心許なくはござらぬか。万が一、開墾の頓挫《とんざ》や費用の回収が不能に陥る事態となれば、藩の財政は一時に悪化するは了然。先刻、無謀と申しあげたのは、かような所見からでござる」

織部が口を閉じると、座は静まり返った。しわぶき一つ、聞えない。織部の論には揺るぎがなかった。明快な説得の力が備わっていた。重臣たちも上座の吉佐衛門の顔色を窺《うかが》いながら、押し黙る。

「お尋ね申すが」

沈黙を破り、濁声《だみごえ》が響く。

中老の一人、金子重太夫《かねこしげだゆう》のものだった。

「新田の開墾が我が藩の懸案であることは、明白。それは山中どのも相違ござらんのだな」

「いかにも」

「とすれば、岩裡の開墾に代る案をお持ちなのか」

金子重太夫は織部より三つほど年嵩《としかさ》の大兵《だいひょう》の男だが、その体軀《たいく》に似合わぬ穏健《おんびん》な性質《たち》であった。

「いや」と織部はかぶりを振った。

「それがしには、まだ、この場で披露できるような案はござらん。ただ、もそっと広く下からの意見を拾い上げるのが得策かと考えてはおります。我々は城の中、城下しか知り申さぬが、藩の隅々にまで足を運び、つぶさにその実情を知る者は大勢おるのです」

「郷方《ごうかた》廻りのことか」

その日初めて、兵庫之助が口を開いた。

「他にも普請《ふしん》方として河川の修復や畷《なわて》の土工に通じている者、何より米を作る、当の百姓らから聞き及ぶのが得策かと。土地のことは、土地に生きる者が一番よう心得ておりましょう」

「百姓に藩政の手立てを問えと申されるか。笑止《しょうし》の沙汰《さた》である」

藤倉佐内が、声を大きくする。織部は黒目だけを動かし、声の主を見やった。そういう眼つきをすると福相の中に、一種鋭利《えいり》な気配《けはい》が走る。それは、刹那《せつな》表れ、刹那に消えた。

「百姓の力を活用すべきと申し上げておるのです。あの者たちを侮《あなど》っては藩政は成り立ちませぬ。藩財政にゆとりがあると申しても、百姓の暮らしは決して楽でも、潤うてもおりません。むしろ、作付がよければよいだけ、年貢を供出《きょうしゅつ》せねばならず、年々、逼迫し続けているのが現状でござろう。それに、新田の開墾となれば、人足として駆り出さねばなりますまい」

「当然であろうが。百姓、町人とはそもそも、生かさず殺さず租税を納めさせる者たちであるぞ。そこもとも執政に座を占めているからには、それくらいのことは心しておかねばのう」

わざとなのか不用意なのか、佐内は、ぞんざいで不遜《ふそん》な物言いをした。しかし、織部は気にする風も無く、言葉を続ける。

「民、百姓をいたずらに苛《さいな》むのが政ではありますまい。百姓が米を作らなければ国そのものが立ち行かなくなるは必定。新田の開墾に使うならば、百姓たちにも相応の見返りが必要かとぞんじますが」

「見返りとは、つまり、将来への心当てを与えるということか」

吉佐衛門の一言に、織部は息を吸い、大きく首肯《しゅこう》した。

「まさに本意でござる。新田が将来、暮らしの安寧《あんねい》をもたらしてくれると信じれば、百姓たちは本気で携わりましょうし、今ある不平不満の捌《は》け口ともなりましょう」

なるほどと膝を打ちそうになった。

まだまだ雑駁《ざっぱく》ではあるが、織部の主張は十分、考慮に値すると思われた。少なくとも岩裡の開墾よりもずっと現況に即している。

山中家は代々、組頭を務める家柄ではあったがこれまで執政の場に加わったことはなく、織部の中老登用は大抜擢だと城内を騒がせた。藩主みずからの推輓《すいばん》でもあったから、城内はさらにざわめいた。

吉佐衛門は、藩主の慧眼《けいがん》に今さらながら感嘆する。

山中織部という男は私欲にも体面にも囚《とら》われず、藩内の現状を把握《はあく》し、忌憚《きたん》なく私見を述べ、適切で公平な判断を下すことができる。

そういう人物であるようだ。逸材だと認めざるを得ない。

吉佐衛門は、誰にも気取《けど》られぬよう吐息をもらした。

「山中の言うことはよう、わかった。確かに一考に値する見解である。新田開墾は藩政の大事である。論議を尽くし、お上《かみ》の御臨席を仰いだうえで決をとるのが、筋であろうな」

吉佐衛門があっさりと譲歩したことで、座の空気は弛《ゆる》み、重臣たちはそれぞれに、安堵《あんど》の息を吐いた。

その夜、吉佐衛門は眠れなかった。

行燈を灯し、自室で一人、思いに沈んだ。

織部は為政者として逸材である。では、この身はどうであろうか。

この身はどうであろうか。

己への問い掛けに、己で答えを探す。それは実に数十年ぶりの思惟《しい》だった。我が身を振り返ることなど絶えて久しい。

岩裡の山戸か。

あの地を蘇らせる。

瑠衣と交わした約定《やくじょう》だった。それを果たすために執政の座を望んだ時期さえあった。若いころだ。葉村の家を継ぎ、遠縁の女と婚儀をあげたころ、吉佐衛門はただ一心に念じていた。

いつか、必ず瑠衣との約定を果たす。

身の内が燃え、身体が震える。瑠衣の面影《おもかげ》は生々しく、吐息や眼差し、肌の匂い、髪の香まで吉佐衛門の芯に深く刻み込まれていた。三十年近い時を経て、さすがに褪《あ》せておぼろに霞《かす》むことも多くなったが、忘れたことはない。面影が褪せれば褪せるだけ、霞めば霞むだけ、約定を果たすという一念は凝《こ》り固まり、鋼《はがね》の球のように不壊《ふえ》のものとなる。

重かった。

若いころ確かに背負えた荷は、五十路《いそじ》に差し掛かろうとする今、あまりに重く、背骨を軋《きし》ませる。

荷を降ろし、楽になりたかった。

荷を降ろすとは、約定を果たすこと。岩裡の地に再び村を興すことに他ならない。だから、新田の開墾地は岩裡でなければならなかったのだ。どうしても……。

それが本音だった。

極めて私的な想いだ。真っ向から論破されて当然かもしれない。

行燈の芯が小さな音をたて、燃えていく。

闇の中に梅の香りが漂う。

梅には夜が似つかわしい。姿を見ず、香を愛《め》でる。そういう花だと教えてくれたのは、瑠衣だった。

瑠衣と初めて身体を重ねた夜、その肌に梅の香りをかいだのだ。梅咲く節とは遠い麦秋《ばくしゅう》のころだったから、まだ雄之助《ゆうのすけ》と呼ばれていた吉佐衛門は、不思議な心地を抱いた。その心地の底には、瑠衣と一つになれた満足と余韻と恍惚《こうこつ》が綯《な》い交ぜになり、沈んでいる。

雄之助は十九歳だった。

瑠衣と出会ったのは気紛れに訪れた岩裡の地で、だ。当時、雄之助は葉村の屋敷内に一部屋を与えられてはいたが、そこにはただ寝に帰るだけの暮らしを続けていた。一日の大半を道場か、釣竿《つりざお》を手に川辺で過ごし時を潰していたのだ。

雄之助は、妾腹の子だった。しかも、母は台所付きの下女という身分であり、雄之助が物心ついたときには屋敷内のどこにもいなかった。正室、真寿子《ますこ》は名門水杉家との縁に繋がる旧家の出自《しゅつじ》であり、既に二人の男子と一人の女児を生《な》していた。

真寿子は葉村家の三男として生まれ落ちた赤子を、特に憎んだわけでも、苛《さいな》んだわけでもない。ただ、粗略には扱った。汗を滴《したた》らせていようが寒さにかじかんでいようが、病に臥《ふ》していようが血を流していようが、まったく意に介さなかった。庭の巌《いわお》に寄せるほどにも、関心をもたなかったのだ。

幸い乳母のお豊《とよ》が情の深い性質であり、寄辺《よるべ》ない子を憐れみ慈《いつく》しんでくれたから、雄之助は乳も与えられず放り捨てられるまでには至らなかった。そのお豊が雄之助の元服を待たず病死してからは、雄之助のことを気に掛ける者はいなくなった。葉村は名家の一であるから、いずれは、それなりの格式ある家に養子に出ると言われもしたが、真寿子はむろん実父である当主吉佐衛門も、雄之助の行く末を定める素振りを僅かも見せなかった。

飼い殺しになるかという思いが、若い胸の内に去来《きょらい》し始めたのは十八の齢を過ぎたころからだ。何もかも捨て、剣のみを携えて流浪の旅に出ようかとも考えた。屋敷内で息を詰めて暮らすより、広い世を心のままに流離《さすら》う。それは、浪々の身に落ちることではあったが、若い心には甘美な夢のようにも思われた。

その日、雄之助はいつものように、流浪人として諸国を巡る己《おの》が姿をあれこれと思い浮かべながら北へと向かっていた。

観音山を越えた北の裾野に、小さな池が点在する。もともとは、三代藩主が一帯の米作奨励のために作らせた溜池だが、地味《じみ》が痩せている上に、日当たりに恵まれず、結局、たいした収穫をあげられないまま、打ち捨てられていた。

その池に釣り糸を垂らそうと雄之助が思い立ったのは、やはり、一人、誰にも邪魔されず思案にふけりたいと望んだからに他ならない。

小舞は、柚香下、槇野という二つの名川《めいせん》を有し、川漁も盛んだ。鍛錬《たんれん》の術《すべ》として釣りを好む気風もあり、主だった釣り場は、日や季節に依って大勢の釣り人でにぎわう。

賑わいとは別でありたかった。誰にも邪魔されず、沈思したかったのだ。北の裾野の溜池なら、よほど酔狂《すいきよう》な者でない限り訪れることはない。たいした獲物は望めないし、城下から遠く離れている。

六里半に及ぶ道程の最中も、雄之助は一途に、しかし、とりとめなく思案を続けていた。

人の声を聞いた。

足を止め、辺りを見回す。

春が過ぎようとする空には、二、三の綿雲と旋回する鳶《とび》が一羽見えるだけだった。観音山の裾の近くまで来ている。夜が明けやらぬ刻に屋敷を出たのだが、日はすでに高くあがり、新緑の山々や野辺の草花を照らしていた。

気のせいか。

竿を担ぎ直したとき、今度ははっきりと数人の諍《いさか》い声を聞いた。その中に、女の叫びと男の悲鳴が交じっている。

雄之助は竿を投げ捨て走った。

声は裾野を囲むように広がる雑木林から響いて来た。これから勢い盛んになる木々は青い匂いを存分に放ち、枝を四方に広げている。

その雑木の一本を背に女が立っている。手には鎌《かま》を握り、唇を嚙み締めて前を睨《にら》んでいた。前には三人の男たちが、女の逃げ道を塞《ふさ》ぐ気なのか、両手を広げ、じりじりと迫り寄っていた。

「痛いっ。くそうっ、痛い」

男がもう一人、木の根元にうずくまり顔を歪《ゆが》めていた。腕を押さえた指の間から血が滴《したた》っている。どうやら、女の鎌に肉を抉《えぐ》られたらしい。男はひいひいと哀れな声を上げているが、仲間と思《おぼ》しき男たちは一顧だにしなかった。

囲みをじりじりと狭めていく。

形から見て、武士であることは了然だった。女は近在の百姓娘のようだ。

「待て」

雄之助の一声に、男たちが振り返った。誰もが目を血走らせている。どれも見覚えのない面《つら》だった。

「何をしているか」

刀の柄に手をかけ、男たちを見やる。頭上で木々の枝がざわりと揺れた。

「見ての通りだ」

背の高い皰痕《にきびあと》の目立つ男が微かに笑った。

「みんなで、ちょいと楽しもうとしている。邪魔をするな」

「白昼堂々とごろつき紛《まが》いの行いか。呆れた輩《やから》だな」

「百姓の娘だ」

皰男が、また、笑った。下卑《げび》た笑いだった。

「山の獣と大差ない。皮を剝《む》こうが、肉を削ごうが別にかまわんだろう。何なら、おぬしも加わるか」

「下司《げす》が」

吐き捨てる。全身が粟立つような嫌悪を覚えていた。乳母のお豊は生家が城下近くの農家で、折に触れて百姓仕事の過酷さや楽しみを語っていた。耳に柔らかく触れる鄙《ひな》言葉で。

「百姓ってもんはな、若さま。打ち込んだ鍬《くわ》の感じで、土の機嫌がわかりますで」

「土の機嫌とは、何だ？」

「土起こしの時期が合《お》うてるということです。時期が早過ぎると、土は臍《へそ》を曲げて硬く硬く縮んでしまいます。遅すぎると、ぐじゅぐじゅと柔らかくなってしまいますので。そうなると、作物に虫や病が付き易くなりますでの。それが、ぴたりと合うと、ざくざくとそれは気味《きみ》良い声をたててくれますで。良い良いと、土から褒《ほ》められた気がしますで」

「すごいのう。お豊たちは土と話ができるのか」

「はい。土と通じなければ百姓はできませんで」

「そうか。では、百姓とは偉い者たちであるな」

「まあ、若さま」

丸顔で色黒でよく肥えたお豊は、満面に笑みを浮かべ雄之助を抱きしめる。仄《ほの》かな乳の香に包まれ、雄之助は脱力するほどの心地よさを覚えた。

お豊の優しさ、逞《たくま》しさ、明るさは土に繋がっている。百姓の仕事に結びついている。だから、雄之助は武家を上にも、百姓を下にも見られなかった。

その百姓の娘を獣と言い切り、玩《もてあそ》ぼうとする男たちこそ獣以下の輩ではないか。

「去れ。さもないと」

雄之助は鯉口《こいくち》をきった。

男たちの全身が、俄《にわ》かに緊張する。

「おもしろい。ここで抜くか」

酡面が唇の端を持ち上げる。腕に覚えがあるらしい。僅かに左足を引き腰を落とした構えに、隙はなかった。

「真剣でやり合おうと言うのだな」

柄に手をかけたまま、酡面は雄之助に鋭い視線を向けてきた。

「そっちが望むなら、相手になってやるが」

相手の視線を受け止め、雄之助は答えた。

「あっ」男の一人が叫んだ。

「逃げたぞ」

男たちの目が雄之助に注がれた一瞬を捉え、娘が走った。木々の間をすり抜けて行く。獣というより若鹿に似た動きだ。俊敏《しゅんびん》で速い。

「待て、逃すか」

娘を追おうとする男に向かい、雄之助は跳《と》んだ。跳びながら、抜刀する。足が地につくより速く、男の肩口に刀背《みね》を打ちこんでいた。男が声もたてず、その場に倒れ込む。

「きさまっ」

䩸面の男が気合いと共に打ち込んでくる。速い剣だ。しかし、受け切れないほどの速さではない。腰を沈め、一撃を受け、跳ね返す。䩸面は数歩よろめいたが、すぐに、構えを上段に移した。目はさらに血走り、口元が歪む。

「細川《ほそかわ》、止《よ》せ」

背後から、ずんぐりとした小柄な男が声をかけた。

「こいつ、日向道場の葉村だぞ」

「葉村……」

䩸面の顔色が変わった。雄之助の剣名ではなく、重臣葉村の名に怯《おび》えたのだ。

雄之助はわざと大きく音をさせて、白刃を鞘《さや》に納めた。

「行け。このままおとなしく城下に帰るなら、何も見なかったことにしてやる。ただし、今度、こんな悪さをすれば容赦《ようしゃ》せんぞ」

男たちは無言だった。倒れた男と呻《うめ》き続けている男、二人の仲間を抱え上げて、よたよたと雄之助の視界から消えて行った。

頭上で不意に、鶯《うぐいす》が鳴いた。

夏の鶯の囀《さえず》りは、春先のそれよりずっと艶《つや》やかだ。艶やかな囀りに誘われて視線を巡らせる。草むらで何かが鈍く光を弾いた。

鎌だ。

あの娘の鎌だ。

刃先にうっすらと血がついている。

さらに見回せば、背負い籠が木の根にひっかかって転がっていた。

中を覗くと、山菜が底に溜まっていた。山菜採りにきて、ごろつき紛いの連中に捕まったのだろう。

籠から、山菜独特の青い香りが立ち上る。

雄之助は鎌と籠を手に歩き出した。道端に置いておけば、娘が取りに来るかもしれないと考えたのだ。

雑木林の入り口辺り、竿と魚籠《びく》を放り出した場所に戻ってくる。背負い籠を置き、竿を拾い上げた。

鶯が鳴く。

「あの……もし……」

鶯の音《ね》が止んだとき、声をかけられた。振り向くと同時に、黒い眸とぶつかる。黒い天鵞絨《ビロード》のようだ。どこまでも黒く、光沢がある。

「あの、お助けくださいまして、ありがとうございました」

娘は腰を折り、深々と頭を下げた。蝮避《まむしよ》けに、草汁で染めた脚絆《きゃはん》を巻いている。お豊と同じくらい日に焼けていたが、お豊よりずっと若かった。襟元から覗いた肌が目に染みるほど白い。

雄之助は慌てて、横を向いた。下司と罵《ののし》った相手と同じ心根ではないかと、己を叱る。

「お助けいただきながら、一人勝手に逃げてしまいました。お許しください」

「いや、それは当然であろう。気にすることはない。むしろ、もっと遠くに逃げるべきではなかったのか。男たちがまだ、うろついているやもしれん」

そこで初めて娘が笑った。日焼けした顔の中で、歯の白さが際立つ。ほんの少し笑《え》んだだけなのに、娘の表情は実に生き生きと煌《きら》めいた。雄之助は我知らず目を細め、娘を見詰めた。

「お侍さまは、お強うていらっしゃいますから。あの人たちを追い払ってしまうとわかっておりました」

「おれが強いと?」

「はい」

「なぜ、わかる」

「鳥が鳴き止んでおりましたから」

「鳥が?」

そうだったか? 鳥の声など気にも留めなかった。唐突な鶯の一声だけが耳に残っている。

「はい。お侍さまは、鳥が気配を感じて鳴き止むほどにお強いのだと、わたしにはすぐに分かりました」

「いや、それは、いささか買い被りと言うもので……やはり、あのような場合、できるだけ遠くに逃げるのがよいと……」

剣には自信がある。それなのに、ほとんど言い訳口調になり、口ごもってしまう。腋《わき》に汗まで滲んできた。

おれは何でこんなに、狼狽《うろた》えているんだ。

焦る。焦ればさらに汗が滲む。

「あ、籠と鎌を返さねば、な」

「あ、はい。ありがとうございます」

籠に伸ばした手に娘の指先が触れた。「あっ」と小さく叫び、娘が指を握り込む。雄之助も手を引いたので、籠は草の上にころりと転がった。山菜が零《こぼ》れる。

「あ、いかん」

やや萎《しお》れかけた山菜の束を摑《つか》もうと、雄之助と娘の指先が、また、合わさった。

二人は顔を見合わせ、ほとんど同時に噴き出した。

雄之助は肩を揺すり、娘は口元を押さえ笑い続ける。

あぁ、こんな風に腹から笑ったのは、いつ以来だろう。

笑いながら考える。

思い出せなかった。

「おれは、葉村雄之助と言う」

笑いが治まった後、雄之助は名乗った。

「わたしは、瑠衣と申します」

「瑠衣か」

「はい」

美しい眸をした娘は、降り注ぐ光の中でゆっくりとうなずいた。

鶯の啼声《ていせい》が一際高く艶やかに、響く。

二

貧しい百姓屋ゆえ何のもてなしもできない。けれど、せめて白湯《さゆ》の一杯なりと。瑠衣の控え目な、しかし、熱心な誘いにのって雄之助は半田村を訪れた。窮地を救った娘からの申し出だ。やんわりと辞退するのが武士の作法と頭では解していたが、心が言うことをきかなかった。

このまま別れてしまったら、二度と逢えない。

浅黒い肌と皓歯《こうし》を持つ娘への未練に、雄之助は囚《とら》われている。驚くほど強く、囚われている。

瑠衣は半田村の長人《おさ》の娘だった。瑠衣の父八衛門《やえもん》も母のお琴《こと》も、雄之助の前に平伏した。八衛門は葉村の名を知っていたが、名門の子弟ではなく、娘を悪漢から救い守ってくれた相手に対する儀を尽くそうとした。

膳を整え、酒を出す。

酒も膳の上の皿も粗末だった。けれど、不味《まず》くはなかった。炙《あぶ》った雀に山椒《さんしょう》を塗した品など、香ばしさがいつまでも舌に残り、実に美味《びみ》だった。瑠衣が酌をしてくれる濁り酒も、葉村の家でたまに口にする諸白《もろはく》より、よほど美味い。

八衛門は、二十八の歳から二十年近く半田村の長人を務めているという。教養も、為人《ひととなり》も、胆力もなるほどと納得させられる人物だった。

半田村では長人を世襲で決めることはない。どの家の生まれであろうと長人として最も相応《ふさわ》しい人物を立てる。貧窮の村だからこそ、有能な指導者が必要、長人の賢愚は村の命運を左右すると、村人たちは知っている。

そんな話を聞いた覚えがある。奉公人の誰かからの伝聞だったろうか。なるほど、まさに貧者の智慧《ちえ》だな。ならば藩が窮地に陥ったときは賢明な藩主が、国難の折は英邁《えいまい》な君主が必要と言うわけか。

と、感心した覚えもある。ただ、山麓の寒村の長人選びなど、すぐに忘れ去っていた。今、白髪は目立つものの若々しく、温和で聡明な八衛門を前にして、まざまざと思い出す。

瑠衣は父親からその聡明な質を、母からきびきびとした仕草と美しい双眸《そうぼう》を受け継いでいた。

惹かれる。

どうしようもなく、惹かれる。

雄之助はそれから、三日にあげず半田村に通うようになった。通わずには、瑠衣の姿を見、声を聞かずにはすごせなくなっていた。既に十九だ、元服も済ませた。女も知っている。けれど、一人の女人《にょにん》にこんなにも心惹かれたのは初めてだった。

「父が懸念しております」

知り合ってまる一月が経ったころ、瑠衣が告げた。夕暮近い道を一人で歩いていたときだ。数歩後ろからついてきていた瑠衣が足を止め、その気配に振り向く。一息吐いて、言わずもがなの問いを口にする。

「おれが足繁く通ってくるからか」

瑠衣は無言のまま、わずかに俯いた。

「だろうな……」

さすがに拙《まず》いとは思っていた。雄之助の所在を気にする者は、葉村の屋敷には誰もいない。北辺の山道を女子と歩いていたからといって騒ぐ者もいないだろう。しかし、瑠衣は違う。うら若い、嫁入り前の娘だ。八衛門にとって瑠衣は、たった一人の大切な娘ではないか。その娘の元に武家の男が度々、訪れる。気が気ではあるまい。迷惑にも、厄介にも感じているはずだ。八衛門もお琴も、そんな素振りは一切見せない。訪れる度に、温かくもてなしてはくれる。だからといって、甘えていいわけがない。わかっていたくせに、気付かぬ振りをしていた。「もう、ここにはお出でにならないでください」そう引導を渡されるのが、怖かった。

なんと卑小な者であることか。

けれど、思いきれない。潔く、身を引くことができない。

瑠衣がか細い声で言う。

「もう逢わぬ方がいいと……言われました」

「……そうか」

「どんなに心を寄せても、雄之助さまとは身分が違う。お傍に寄れる方ではないのだ、諦めろと……言われました」

「瑠衣」

「わかっております。父に言われるまでもなく、よく、わかっています。でも、わたしは……」

瑠衣がかぶりを振った。後ろで丸く束ねただけの髪が揺れる。

「わたしは嫌です」

唇を結び、瞬《まばた》きもせず前を見詰める。

「わたしは……雄之助さまと逢えなくなるなんて……嫌です」

真っ直ぐな想いの吐露《とろ》を武家の娘なら、はしたないと忌み嫌う。下賤の者が故の直情だと嗤《わら》う。しかし、雄之助は胸が疼《うず》いた。ぶつかってくる娘の想いに疼く。

「瑠衣」

手首を摑み、引き寄せる。力を込め、抱き竦《すく》める。思いがけないほど柔らかな肉の感触がした。柔らかいのに、しっかりと雄之助の腕を押し返してくる。

「瑠衣。おれをおまえの婿《むこ》にしてくれ」

瑠衣が大きく眼を瞠《みは》る。まじまじと雄之助を見詰めてくる。

「ずっと考えていた。おれは、おまえと妻夫《めおと》になりたいのだ。おまえの婿になり、おまえと一生、暮らしたい」

「百姓になると……仰せですか」

「そうだ」

「お侍さまが百姓に……」

「そうだ、刀を鍬に持ち替える。いや、あながち前例のない話ではないのだ。五年ほど前か、普請組《ふしんぐみ》のさる家の三男が大里《おおさと》村の庄屋《しょうや》に婿に入ったことがある。同じような例が他にも幾つかあるはずだ」

「雄之助さまは葉村家の御子息です。それに大里村の庄屋さまは、大百姓ではございませんか。うちとは比べ物になりません。何もかも違います。庄屋さまの家の婿なら、刀は捨てても鍬を持つ必要はありませんでしょう。うちでは、肉刺《まめ》が潰れるほど鍬をふるわねば、食べていけません。今でも何とか食い繋いでいるだけですもの。ええ、あまりに違い過ぎます」

「瑠衣は、おれと妻夫になりたくないのか」

「なりとうございます」

瑠衣は、言い切った。

「雄之助さまより他の方に嫁ぐ気も、婿を迎える気もございません」

「ならば、よし。おれは、おまえの婿になる」

「そのようなことが、できましょうか」

「できる、できないではない。やるのだ。なに、葉村の息子とは言っても、おれは妾腹。屋敷内にいてもいなくても構わぬ身だ。いざとなれば勘当して仕舞いになる」

僻《ひが》んでいるわけでも、適当な慰めを口にしているわけでもない。葉村の家に雄之助の居場所はなかった。身分も立場も全てを捨てて、半田村の長人の家に婿入りすると言えば、呆《あき》れられもし、罵倒《ばとう》もされるだろう。しかし、案外、すんなりと認められる気もする。葉村家とは一切の関わり、交わりを絶つと誓詞《せいし》一筆をしたためれば、好きにしろと放り出されるのではないか。

そうであって欲しい。

もとより、葉村の家に未練などない。瑠衣と一緒に生きていけるなら惜しむものなど、何もないのだ。

「雄之助さま」

腕の中で瑠衣の身体が震えている。

日はまだ暮れていない。残照が地に注いで、草や木々や人の姿を臙脂《えんじ》の色に染め上げていた。

なに、誰が見ていようと構うものか。

雄之助は震える娘を深く、懐に抱き込んだ。

その夜、初めて瑠衣と身体を重ねた。

季節を裏切り、その肌からは梅の花の香りがした。

芳《かんば》しく、甘く、逞《たくま》しい。娘の芳しさ、女の甘さ、鍬を手に働き続けた者の逞しさ、瑠衣は全てを持っていた。

この女と、生きて行く。

雄之助は心と肉体の昂《たかぶ》りに、息を荒くした。

人の定めほど、明日がわからぬものはない。

吉佐衛門は今でも、時折、深く考え込む。百姓となり、瑠衣と生きて行くはずだった雄之助の人生は掻き消えた。ただの幻、ただの夢でしかなかったのだ。

雄之助は葉村の家を継ぎ、吉佐衛門の名を継いだ。

兄二人が続けて亡くなったからだ。

長兄は、この年の秋から冬にかけて城下に蔓延《まんえん》し、百以上の命を奪った流行《はや》り病《やまい》にいち早く罹患《りかん》した。高熱が続き、嘔吐《おうと》が止まらず、水さえ飲めなくなり、わずか五日あまりで別人のように面《おも》やつれし、息を引き取った。寝込んでから一度も床《とこ》から起き上がれぬままだった。長兄の死以前から、青底翳《あおそこひ》を患っていた次兄は長兄の葬儀の十日後、自刃《じじん》して果てた。兄二人だけではない。義母真寿子もまた、その年の暮れ、息子たちの後を追うように、長兄と同じ病で逝《い》った。妹は既に嫁ぎ、子を生している。

葉村の家に、雄之助だけが残された。

もはや、選択の余地はなかった。

後嗣《あとつぎ》となり、相次ぐ身内の死に打ちのめされてか瞬く間に老いてしまった父にかわり、葉村家の当主となる。

雄之助の前に伸びる道は、それ一本しかない。

瑠衣。

愛《いと》しい女の名を呟く。

文を出したいとも、使いをやりたいとも思った。思い、すぐに、断念した。忘れるしかない。思い切るしかない。もう、瑠衣の元にはいけない。かといって、瑠衣を屋敷に呼び寄せることも躊躇《ためら》われた。家督《かとく》を継げば、すぐにも正妻を迎えることになるだろう。側女《そばめ》として、瑠衣を屋敷内に囲う気には、なれない。

野に咲く花は野に生きるからこそ、美しい。水盤に活《い》け、床の間に飾ったとて枯れ急がすだけだ。

諦めるしかない。断ち切るしかない。

あれは闇に漂う梅の香のように、この手では摑みとれない幻花《げんか》だった。そう思うしかない。

雄之助、いや、葉村吉佐衛門は自分の中に吹き通る風の音を、確かに聞いた。聞きながら、佇《たたず》んでいた。

その年から翌年にかけて、小舞藩はかつてない大飢饉に見舞われることとなる。流行り病は一向に衰える様子がないまま年を越した。その騒ぎがようやく鎮静《ちんせい》の兆《きざ》しを見せ始めた春の半ば、長雨が続き作物が根腐れし始めた。そして、山背風、初秋の寒波。

米はおろか、稗、粟の類まで収穫量が激減する。その米を稗を粟を、藩は年貢として絞れるだけ絞り取った。藩庫はすでに底を突き始めている。絞れるものことごとくを絞る。絞り過ぎて千切《ちぎ》れても、今は致し方ない。当時の執政たちはそう考えたようだ。

当然、百姓たちの不平、不満は募る。一部の村では餓死者がそうとうな数に上ろうとしていた。城下数十か村が繋がり強訴《ごうそ》に出るとのうわさが立った。大人しく餓死するより、一縷《いちる》の望みをかけて決起する。百姓たちも必死だった。

執政たちは、そこでやっと重い腰を上げた。年貢上納の延期と減免を約束し、布施米を施行《しこう》する。騒ぎの責めを負って、次席家老の一人が執政の座から外れた。

雄之助は、どこか冷めた心持ちで一連の騒動を見ていた。慣れない城勤めに疲れ果ててもいた。城に上がったばかりの己に何ができるとも思えなかった。城と屋敷の内だけで暮らしていると、外の騒ぎは遠い潮騒のようでしかない。飢えも渇きも死人の数も、対岸の出来事だった。

半田村の長人八衛門が強訴扇動の咎《とが》を受け、斬首《ざんしゅ》されたと聞いたのは、そんなころだ。半田村の状態は城下のどの村よりも酷く、まさに窮状そのものだった。人々は木の根をかじり、蚯蚓《みみず》や土竜《もぐら》を食べて飢えをしのいできたが、限界をとうに越えた。このままだと、半田村は全滅する。八衛門の命を賭けた訴えに、執政は耳を貸さなかった。藩の北辺、北の外れの村まで布施米を施《ほどこ》す余裕を、小舞藩はすでに失っていたのだ。

八衛門斬首の報を耳にした日、雄之助は半田村へと馬を駆った。八衛門は痩せさらばえ、幽鬼のようであったと人伝《ひとづて》に知った。だとすれば、瑠衣は、瑠衣はどうなった。

瑠衣。

半田村はすでに、滅びかかっていた。田も畑も荒れ地とさほどかわらず、道端に人々がしゃがみこみ、虚《うつ》ろな眼差しを漂わせている。道べりには死体が幾つも転がっている。たいていが老人と子どもだった。瑠衣の家も無残に壊れかけている。粗末でも隅々まで磨き込まれていた家中は、埃《ほこり》と土に覆われて傾《かし》いでいた。一年前、瑠衣とすごした日々の面影はどこにもない。

出入り口の前に筵《むしろ》にくるまった老婆がしゃがんでいた。身じろぎさえしない。

お琴だった。

「お琴どの、瑠衣は。瑠衣はどこに」

落ち窪《くぼ》んだ目が瞬く。枯れ木の腕が動き、指先が家中を指す。その指の先、板場に敷いた筵の上に、瑠衣は横たわっていた。最初は信じられなかった。お琴よりさらに老婆に見えた。髪は半ば白く変わり、抜け落ち、皮膚は乾いて骨に貼り付いている。その皮膚の上には無数の皺《しわ》が寄っていた。

「……瑠衣」

ここまで、変わり果てているとは。

「瑠衣。しっかりしろ、雄之助だ。すまん、おれが……おれが……」

もう少し外に心を馳《は》せれば、外の有様に目を凝《こ》らしてさえいれば。

瑠衣の胸が上下した。瞼が持ち上がる。黒く潤んだ眸が、雄之助を捉えた。

「……雄之助さま……」

「瑠衣、水をもってきた。飯もある。しっかりしろ、瑠衣」

「雄之助さま……忘れないで」

瑠衣が喘《あえ》ぐ。きれぎれに言葉を零《こぼ》す。

「村は……滅びました。父も……死にましたでしょう。雄之助さま……どうか、この地のことを」

瑠衣は身を捩《よじ》り、雄之助の胸に縋《すが》った。

「どうか、この地のことをお忘れくださいますな。お心の片隅に刻んで、生きてくだされませ」

一息にそれだけ告げる。耳ではなく、脳裡に響く声だ。

瑠衣の身体から力と熱が抜けていった。


三十年、昔のことだ。

その三十年、岩裡の地に半田村をよみがえらせる望みを抱き続けて生きてきた。執政の一角に食い込み、そこで絶大な力を手にする。そうでなければ、岩裡新田の開墾話など一蹴《いっしゅう》されてしまう。力が要る。誰もを平伏《へいふく》させるだけの力がいる。

瑠衣に償《つぐな》うために、心に刻印された言の葉に応えるために、力を蓄え藩政の中枢に座り、座り続けなければならない。そのために、吉佐衛門は豪商と手を結び、幾人もの重臣たちを追い落とし、派閥の形成に心を砕いてきた。むろん、己の私利私欲だけに走ったわけではない。民百姓を蔑《ないがし》ろにしては、権勢は確かなものにならない。理屈でなく感覚として吉佐衛門は理解していた。半田村に通い、瑠衣の傍らでつぶさに目にした、あの百姓の暮らしを愛しいとも、守りたいとも思っていた。

瑠衣のためだ。

全てがそこに繋がる。

念じ続け、三十年の年月が流れた今、来《こ》し方を振り返るたびに吉佐衛門の胸中に影が過る。

果たして、そうであったのか。

若い吉佐衛門の内に確かにあった決意や思慕の情は、幾年のうちに変色し、変形していった。藩政を意のままに動かせる快感、今をときめく筆頭家老として畏怖《いふ》される心地よさ、紀野屋を始め豪商たちから潤沢に流れ込む金のおもしろさ、派閥の広がる喜び……五十を前にして、吉佐衛門が囚われているものは三十年前とは、あまりに隔《へだ》たってしまったのではないのか。

織部はそのあたりを看破《かんぱ》していたのかもしれない。看破したうえで、政をあるべき形に戻そうとしていた。吉佐衛門一人に権勢が集中する歪《いびつ》を正そうとしていた。

とすれば、なかなかの人物であるな。

そう言えば若いころ、と吉佐衛門の思考はまた過去に流れる。

そう言えば若いころ、保身と権力欲に凝り固まった重臣たちを唾棄《だき》すべき輩と軽蔑し、憎みもした。こやつらの無能が冷徹が半田村を切り捨て、瑠衣を死に追いやった、と。仇《あだ》を討ち果たしたい境地にさえなったではないか。

あの重臣たちと筆頭家老葉村吉佐衛門の間に、何ほどの違《たが》えがあるのか。

山中織部の物言いや眼差しが思い起こされる。

潮時であるか。

政から身を引く時期が近づいたのかもしれない。

三日前、執政会議で織部に論破されてから、吉佐衛門の内から急速に岩裡開墾の意欲が薄れて行った。あれほど拘《こだわ》り続けたものが、なぜにこうも易々と失せて行くのか、我が心ながら合点《がてん》がいかない。

半田村のあった辺りに、隠居所を造るか。

不意に思いが浮かんだ。浮かべば、不意ではなく、もうずっと以前から考え続けてきたようにも感じられる。

隠遁《いんとん》もよし。世間は謫居《たっきょ》だ、流罪だと騒ぐかもしれぬが、放っておけばいずれ止む。そして、忘れる。

妻は三年前に他界した。義母真寿子の生家に繋がる女で、義母とよく似た顔立ちをしていた。心がまるで通わぬわけではなかったが、どことなく冷めたままの夫婦だった。高位の武家の夫婦など、みな、こうしたものであるのだろう。子はできなかった。側女にした下士《かし》の娘には男子が一人授《さず》かっている。来年の正月を迎えれば、十になるはずだ。あの息子に家督を譲り、隠居するか。後ろ盾を山中織部に頼むのも良いかもしれん。

執政会議から僅か三日の間に、吉佐衛門の思案はあちこちに枝葉を広げ、荒れ野に建つ小さな屋舎まで眼裏を過《よぎ》った。瑠衣の家と瓜二つの造りだった。

足音が近づく。

側人の一人、石堂金介《いしどうかねすけ》のものだ。

「殿、おわしますか」

「おる。何事だ」

「ただいま、城よりご使者が参られました。山中さまがお亡くなりになった由《よし》にございます」

「なっ……」

不覚にも絶句してしまった。足元が揺らぐ。花江の手が背中を支えた。

「山中が……真《まこと》か」

「は、ご使者に依《よ》れば、刺客に襲われたとか」

「刺客？　山中は、暗殺されたのか」

「そのようにございます」

山中織部が暗殺……。いったい誰に、何故《なにゆえ》に。

一時の動揺が治まると、不吉な予感が芽生える。それは、瞬く間に黒い靄《もや》となり吉佐衛門に纏《まと》わりついてくる。

背後で花江が密やかな息を吐いた。


不安は的中した。

組頭、大目付、郡代、そして藩主まで揃う本会議で、吉佐衛門は中老山中織部の謀殺の責を追及されたのだ。先鋒は大目付、伊予十之進《いよじゅうのしん》だった。

「ご家老、佐竹一助《さたけかずすけ》という男をご存じでしょうな」

金壺眼《かなつぼまなこ》を大きく見開き十之進は声を張り上げた。露骨な詰問口調だった。こういう場合、必ず窘《たしな》め役に回る藤倉佐内は、怯えた亀のように首を竦《すく》めたまま黙している。

「佐竹一助とな？　知らぬが」

「知らぬ？　それはまた、異な事でござるな」

十之進の物言いはさらにぞんざいに、聞き様によっては不遜《ふそん》とさえ感じられた。

「伊予、たかが大目付風情が何事であるか。控えよ」

筆頭家老として藩政に君臨してきた男の一喝に、座が静まった。十之進の黒目が左右に揺れる。

「よい」

上座から藩主の一声が響いた。

「許す。伊予、続けよ」

吉佐衛門は、血が凍りつく覚えがした。十之進は上座に向かい平伏する。顔を上げ、吉佐衛門に向き直る。

藩主は筆頭家老への弁難を許した。

その事実が重く伸《の》し掛かり、吉佐衛門の肩を押さえた。

「佐竹一助は一年前まで、郎党としてご家老の家中にいた者でございます。それをお忘れか」

「まるで知らぬな。古くからの郎党ならまだしも、渡りの中間や足軽まで一々、覚えておらぬ。それとも、伊予は家中の奉公人ことごとくを知悉《ちしつ》しておるのか」

辛うじて言い返す。十之進が薄く笑った。

「この佐竹一助こそが、山中中老暗殺の下手人《げしゅにん》でござった」

居並ぶ者たちが、一斉に身じろぎした。

「佐竹は、ご家老より暗殺の命を受け、これを実行したと白状致しましたぞ」

「馬鹿な！」

血の気が上る。おそらく今、赤鬼の形相《ぎょうそう》であろうなと、心の冷めた一端で考える。

「その佐竹という男を連れてまいれ。わしの面前で同じことが言えるかどうか試せばよい」

「佐竹は死にました。捕縛《ほばく》のおり深手を負い、昨夜、息を引き取りました。死を覚悟してか、全てを白状したのでござる。葉村家老に捨て駒として使われたと口惜しがっておりましたぞ。ご家老は執政会議の場で山中中老に抗《あらが》われ、新田開墾の一件を差し戻されましたな。それを腹に据えかね、中老暗殺を企《くわだ》てたのではござらんか」

「詭計《きけい》千万。三文芝居でも、もそっとましな筋であろうに」

三文芝居だ。吉佐衛門を陥《おとしい》れるための、お粗末な筋書きに過ぎない。しかし、どのような筋書きかは、もはや、意味はない。無表情のまま脇息にもたれている藩主を見やる。

小舞藩藩主となって二年余が経つ。若い主にとって、執政を牛耳る重臣がいささか目障《めざわ》りになってきたか。

藩主出席の本会議で、暗殺事件の黒幕として糾弾される。ことの真偽はさておき、筆頭家老としては致命的な瑕《きず》を受けた。

潮時か。

吉佐衛門は小さく呟いた。

「ご引退なさると」

紀野屋藤平太の眉間に深く皺が寄った。行燈の明かりがその顔に陰影をつけ、皺をさらに深く見せていた。

葉村の屋敷の奥まった一室に、吉佐衛門は豪商を呼び入れていた。二人の前には杯の載った膳が置いてある。脚に施された螺鈿《らでん》の文様が鈍く輝き、目に染みた。

「それしか道はないようでの。してやられたと、いうところか」

「葉村さまのお口からそのようなお言葉を聞くときがこようとは、思うてもおりませなんだ」

「そうか」

笑ってみる。

「紀野屋」

「はい」

「そなた、いつ、わしに見切りをつけた」

紀野屋の黒目がちらりと動く。

「惚《とぼ》けずともよいぞ。そなたが山中や金子に近づいていたのは、知っておる。つまり、葉村吉佐衛門の後を見据え手を打とうとしたわけだ」

「……畏《おそ》れ入りましてございます」

「で、いつからだ？　いつ、わしを見切った」

炎が揺れる。紀野屋の面で影も揺れた。

「いつと申されましても……。葉村さまは政のためにお生まれになったような方でございます。葉村さまがおられたからこそ、小舞はここまで豊かに、安定した国となりました。そのことにつきまして、異存のある者はおりますまい」

「世辞はよい」

「お世辞ではございませぬ。本心から申し上げております。葉村さまが、岩裡の山戸の開発にあれほど執着されなければ……」

「その執着が、わしにとって命取りであったか」

「岩裡の開発は小舞に少なからぬ打撃を与えましょう。百害あって一利なしとまでは申しませんが、どのように考えても、害が勝ります。葉村さまほどのお方が、なぜそれがわからぬのかと」

「歯ぎしりをしていたわけか」

杯の酒を飲み干す。控えていた花江が音もなく動き、再び杯を満たした。

「わたしではありません。山中さまでございます」

「山中が……」

「葉村さまほどのお方が、なぜだ、なぜだと何度も切歯しておりました」

紀野屋が長く息を吐き出した。

「葉村さまが致仕《ちし》され、山中さまが亡くなられ……小舞は、いかがあいなりましょうか」

杯を置く。さらに注ぎ足そうとする花江を手で制する。

「商《あきな》いを回せ、紀野屋」

紀野屋が伏せていた目を上げた。

「今まで通りに、いや、今まで以上に商いを回すのだ。その金を低利で藩に貸し付けろ。岩裡ではないにしても、新田の開発は必ず必要となる。そのための費用を用立てるのだ」

「見返りは？」

「新田から収穫された米、作物の売買を全て、紀野屋藤平太に任せる。ただし、向こう十年と区切ってな」

「十五年、いただきましょう」

吉佐衛門は肩を揺すって笑った。

「よかろう、十五年だ。そのように認《したた》めておく」

紀野屋は笑わなかった。真顔で吉佐衛門を見詰める。

「この案件、新たな執政会議で通りますかな」

「通らねば、山中の死が無駄になるの」

紀野屋が問うように、目を細くした。

炎と影は、揺れ続けている。

紀野屋が辞去した後、吉佐衛門は花江に駕籠《かご》の用意を言いつけた。

「これからお出かけにございますか」

「そうだ、梅を見に、な」

「梅を？」

「花江」

「はい」

「暇をとらす」

花江の手に包みを握らせる。

「これだけあれば、何とか暮らしの道はつこう。短い間であったが、よう仕えてくれた。今、思い返せば、そなたが来てから屋敷内が明るうなった。床に挿《さ》した一輪の花が芳しくあったぞ。気が付くのがいささか遅すぎはしたがの」

「旦那さま……」

「去《い》ぬる家はあるのか」

「……ございます。城下の外れに母と娘が住もうております」

「それは重畳《ちょうじょう》。健《すこ》やかに暮らせ」

「旦那さま」

花江は両手を突き、頭《こうべ》を垂れた。

「今一度、一度だけ、この身を抱いてくだされませ。お願いでございます。何とぞ、お情けを」

「花江……」

「お情けをくだされませ」

花江の身体がくねる。女の匂いが立ち上る。吉佐衛門はくねる身体を抱きよせた。

炎が揺れ、影が揺れ、闇が揺れた。

沼田兵庫之助は、自室の書見台の前に座していた。下城《げじょう》し、着替えを済ませるとまずはここに座る。長年の習いだ。書見台に載せる書物は、四書五経から読み本、地誌の類までさまざまで、ときに、何も載せぬままただ、寸刻、座しているだけのこともある。

今日も、書見台の上には何もない。

さて、今宵は何を楽しむか。

書棚に足を向けようとしたとき、声がした。

「良い梅だの、兵庫」

声は障子戸で隔てられた裏庭から聞こえてくる。兵庫之助は、ゆっくりと戸を開いた。

「吉佐衛門。おぬし……」

紅梅の樹の下に葉村吉佐衛門が立ち、熱心に花を見詰めている。着流しに、袖無しの羽織。自宅でくつろぐ格好だった。何も佩《は》いていない。丸腰の姿を視線で撫《な》で、兵庫之助は息を漏らした。

「昔、おぬしと道場仲間だったころは、この屋敷にも度々、邪魔したものだが。こんな芳しい梅の樹が前々からあったか」

「あったとも。まだ細い若木だったが花はつけていた。誰も花になぞ気を取られはせなんだが」

「なるほど。月夜の梅に気を取られるのは、老いた証《あかし》か」

吉佐衛門の指が紅色の花弁をそっと摘《つ》まむ。

「おぬし、どこから入って来た」

「裏門からだ。番人がおったが、わしの顔を知っておっての、気紛れに梅見に寄ったと言うたら、あっさり通してくれたぞ」

吉佐衛門は屈託ない笑い声をあげる。

この貫禄、この威厳《いげん》。番人は気圧《けお》され、命ぜられるままに門を開けたのだろう。

「何の用だ」

「いや、聞きたいことが二、三あっての。座敷に上がってもよいか」

「よいが……」

嫌とは言えない。相手はまだ筆頭家老なのだ。丸腰の相手に怯えている己を露《あら》わにするわけにもいかなかった。

「茶を持ってこさせる」

「あぁ、よい、よい。気遣いはいらぬ。すぐに辞去するでの」

吉佐衛門は座敷内を見回し、相変わらず本の虫だのと笑った。それから、兵庫之助の眼を覗《のぞ》き込んできた。

「兵庫、なぜ、山中を殺した」

兵庫之助は顎を引く。知らず知らず、後退《あとずさ》っていた。

「いや、殺した理由はわかっている。わしを追い落とすためであろう。山中が殺されなければ、三文芝居は成り立たぬでな。しかし、それだけではあるまい」

吉佐衛門の口調は軽やかだった。

「山中は、怜悧《れいり》、温厚な人柄だった。広く世を知り、見識も高い。まさに、執政として逸材であった。いずれ、人望を得て藩政の要として働いたであろう。つまり、いずれはおまえの座を脅《おびや》かす者になりうる男であったのよ。脅かされる前に、早めに潰そうと考えたか。わしを追い落とす道具として使い、行く末の憂いも無くす。まさに一石二鳥、なかなかの姦計《かんけい》であったぞ、兵庫」

「何の戯言《ざれごと》だ」

兵庫之助は唇を吊り上げ、笑ってみせた。

「執政の座を失うはめになり、頭が狂うたか」

「いや、狂うたのではない。考えたのだ。考えて、おぬしより他にこれだけの策を弄《ろう》せられる者はおらぬと考え至った」

「だとしたらどうする。お上は、おぬしを疎《うと》んでおられる。この躓《つまず》きで全てが終わった。おぬしの返り咲きは二度とあるまい」

——吉佐衛門、おまえは負けたのだ。おれは勝った。長い年月、ずっとおまえの陰に甘んじてきたおれが勝ったのだ。これからは、おれが全てを動かしてやる。

「山中を殺すことはなかったのだ」

吉佐衛門の声音が重く、沈む。

「あれを殺したは、小舞にとって大きな損失となろう。そんなこともわからず執政が勤まると思うか、馬鹿め」

吉佐衛門の動きは素早かった。

懐剣《かいけん》を取り出し、鞘を払う。

兵庫之助には何が起こったか解せなかった。

吉佐衛門が真っ直ぐに胸に飛び込んできたとたん、腹が煮えたぎった。身体が焼かれる。炎に纏《まと》いつかれる。

よろめいて、兵庫之助は腹に突き刺さった懐剣を見た。

おれの腹になぜ、刀が……。

「とぉっ」

気合いとともに、吉佐衛門が刀を横に引く。炎がさらに燃え盛る。兵庫之助の眼《まな》間《かい》に紅蓮《ぐれん》の闇が広がった。

「許せよ、兵庫」

血の中で兵庫之助の身体はまだ痙攣《けいれん》を繰り返している。腰を落とし、止めを刺す。兵庫之助は直に静かになった。

「どうあってもおまえを藩政の中枢におくわけにはいかんのだ。政が乱れれば、また、半田村のような悲惨が起こる。許せ」

手を合わせる。

数人の足音が廊下を走ってくる。兵庫之助の悲鳴が届いたらしい。

吉佐衛門は障子戸を閉め、裏庭に降り立った。

懐剣を拭《ぬぐ》う。その場に跪《ひざまず》き、血に汚れた着物の前を開く。

はらり。

紅の花弁が膝元に落ちてきた。

梅か。

梅の花の下で死ねるとは、これも果報か。瑠衣の授けてくれた果報かもしれぬな。

目を閉じ、雌鹿を思わせる娘の面輪《おもわ》を探した。しかし、眼裏に浮かんできたのは、地味な顔立ちの女の白い喉と淋しげな眼元だった。最期に臨む男を包んでくれた女だ。

なるほど、情けを受けたのはわしの方であったのか。

吉佐衛門は、梅の香りを深く吸い込んだ。
紅の花弁が風にさらわれ、虚空へと消えた。

ふところ

中島 要

一

人はいつか必ず死ぬ。

誰もがそのことを知っているのに、普段はまるで気にしない。そして、己の身近な人が亡くなったときに、改めて思い知る。

弘化《こうか》二年（一八四五）二月五日、江戸の空はいくぶん霞《かすみ》がかっていた。日増しに寒さが和《やわ》らぐ中、ふとしたはずみで気が緩む。栄津《えつ》は草むしりの手を止めて庭の梅の木に目をやった。

國木田《くにきだ》家に嫁いで十一年、毎年春の訪れをこの木に教えてもらってきた。二月になって花の盛りを過ぎたものの、可憐《かれん》な花が音もなく散ってゆくさまは見ている者を切なくさせる。

侍は散り急ぐ桜を好むけれど、この家の庭に桜はない。姑《しゅうとめ》の千代《ちよ》が嫌ったからだ。

――桜は虫がつきやすく、あっという間に散ってしまって実も残さぬ。見た目がいかに美しくても役に立つとは言えません。

千代にとって肝心なのは「腹の足しになること」だった。梅は「花も香もよく、実まで生《な》る」と気に入っていて、毎年花の咲き具合から実の出来ばえを占って一喜一憂していたものだ。

青い梅の実が大きくなると、摘《つ》み取って梅干にする。嫁に来て最初の夏、実家のやり方で漬けようとしたら、たいそうな剣幕で叱られた。

――嫁ならば、この家のやり方を覚えることじゃ。

あれから何度となく國木田家のやり方で漬けたけれど、一度としてほめられた覚えはない。その代わり、姑の顔を一瞥《いちべつ》すれば次にどんな小言を言われるか察しがつくようになった。

これからは文句を言われずに好きなように漬けられる。しかし、「義母上《ははうえ》に私を認めさせる」という長年の望みはとうとうかなわなかった。

遊び好きの舅《しゅうと》は家に居つかず、夫は極端に口数が少ない。嫁に来てもっとも長く顔を合わせ、言葉を交わしたのは千代である。

そんな相手に叱責《しっせき》ばかりされていれば、心の休まる暇などない。自分の両親が存命であったなら、実家に逃げ帰っていただろう。栄津にそれができないことを千代はわかっていたのである。

舅の忠兵衛《ちゅうべえ》は「おまえならばやる気に欠ける義三《よしぞう》を支え、この家を守ってくれる。千代はそう見込んだのだ」と言ったけれど、本音は家の跡継ぎとタダで働く女手が欲しかっただけだ。姑の顔など見たくないと恨んだことは数えきれない。

ところが、いなくなられてみると、なぜか胸がすうすうする。閉まりきらない戸の隙間《すきま》から風が吹き込んでくるようだ。

祝儀不祝儀の心得から組内での付き合いの機微《きび》、子供の病《やまい》の見分け方に夫や舅の虫の居所まで――自分でわからないことはすべて千代に教えてもらった。その都度「呆れたものじゃ。いい年をしてそんなこともわからぬのか」としつこく嫌みを言われたけれど、千代の教えが間違っていたことはない。

これから困ったことがあったら、誰に尋ねればいいのだろう。栄津が顔をしかめたとき、裏木戸で女の声がした。

うだつのあがらない御徒《おかち》の家をわざわざ訪ねる者は少ない。慌てて身なりを整えて裏木戸のほうへ回ってみれば、一年ぶりに見る顔が立っていた。

「まあ、りん殿。よくおいでくださいました。どうぞお上がりくださいまし」

品川で小料理屋を営むりんとは四年前からの付き合いである。笑顔で招き入れてから、栄津は姑の死を打ち明けた。

「義母は昨年の師走《しわす》四日に亡くなりました。生前はりん殿にもいろいろご迷惑をおかけして……今さらではございますが、亡き義母に代わってお詫びいたします」

こちらの言葉がよほど意外だったのだろう、相手は目を丸くする。

「あのお姑さまがこんなに早くお亡くなりになるなんて。てっきり百まで生きるとばかり思っておりましたよ」

千代は齢《よわい》五十八で亡くなったので、早過ぎるわけではない。しかし、姑を知る者は決まって同じことを言う。栄津は苦笑いを浮かべることしかできなかった。

「師走の四日ってことは、もう四十九日もすんじまったんですね。年寄りは寒い時期に亡くなることが多いですけど、何のご病気だったんです」

「お医者さまによると、胃の腑《ふ》に腫物《はれもの》ができたとか。亡くなるひと月前には、水のように薄い粥《かゆ》すら喉を通らなくなっておりました」

聞かれ慣れた問いに答えながら、栄津はお茶の支度をする。すると、相手は何かを探すように目をさまよわせる。

「あの、坊ちゃんとじょうさまは」

りんに「じょうさま」と言われると、治助《じすけ》のことを思い出す。自分を「じょうさま」と呼び、かわいがってくれた下男はこの人の父親だった。

「千之助《せんのすけ》は義父《ちち》と出かけ、春《はる》は手習いに行っております。どちらも半刻（約一時間）もすれば戻ってまいりましょう」

その答えに安心したのか、りんが持参した重箱を差し出す。蓋《ふた》を取れば、いかにも餡《あん》がたくさん詰まっていそうな皮の薄い饅頭《まんじゅう》が入っていた。

「御改革とやらで奢《おご》った菓子は手に入らなくなりましたけど、これは冴《さ》えない見た目のわりに味はなかなかのものなんです。ぜひ御新造《ごしんぞ》さまとお子さまたちに召し上がっていただきたくて」

天保《てんぽう》の改革で手の込んだ菓子は禁じられて久しい。もっとも貧乏御徒の國木田家ではそれ以前から縁がないが。

十歳になって人前では行儀のいい春はともかく、まだ四つの千之助は歓声を上げて喜ぶだろう。三十路《みそじ》を超えた栄津だってつい口元が緩んでしまう。女はいくつになっても甘いものに目がないのだ。

「いつもありがとうございます。ではさっそく」

「ええ、一足先にいただきましょう。でもその前に、お姑さまにご挨拶をしませんと。あの女は礼儀を知らぬとまた怒られちまいます」

もっともな申し出に栄津は重箱に蓋をした。

義母が生きていたら、「いい年をしてみっともない」と叱り飛ばされているところだ。ばつの悪さを覚えつつ、客を仏間に案内する。

「申し訳ありません。まだ義母のいないことに慣れなくて」

「ええ、そりゃそうでしょう。亡くなられたとうかがって、あたしも本当に残念ですよ」

しみじみと呟《つぶや》いてりんは位牌《いはい》に手を合わせる。その様子が形ばかりに見えなくて栄津は少々意外だった。

四年前、りんは治助が亡くなったことを知らせるために國木田家を訪れ、以来、年に一度か二度顔を見せるようになった。しかし、世間体を気にする姑は小料理屋の女将《おかみ》を邪険《じゃけん》に扱っていたのである。

――世間は栄津の知り合いではなく、旦那さまに縁のある者と思うはず。さもなくば、たまったツケの取り立てと思われるに違いない。

嫁には遠慮なくそう言い放ち、りんにも不機嫌な態度をあらわにする。ところが、高価な菓子に魅せられた春たちは「また来てくださいね」と笑顔でねだる。我が子のいないりんは子供らの頼みを断りきれず、姑の目を憚《はばか》りながら時々足を運んでくれた。

己を嫌った年寄りの死を心から悼《いた》むことができるなんて。やはり苦労した人は器《うつわ》が大きいのね。

改めて見直す一方で、なぜか気持ちがささくれ立つ。そこで、客間に戻ってから軽い調子で口にした。

「義母はああいう人ですから、どれほど瘦《や》せ衰えても口だけは達者でした。『おつらいですか』と声をかければ、『つらくなければ寝ておらぬ』と言い返され、『お医者さまを呼びますか』と尋ねれば、『どうせ死ぬとわかっているのに、金をかけることはない』と叱られて。嫁の私は最後まで振り回されておりましたよ」

面白がるかと思ったのに、りんはなぜか眉根を寄せる。そして、非難がましい目を栄津に向けた。

「それはまた見上げたご病人でござんすこと。うちのおとっつぁんなんか病が篤《あつ》くなってからは泣き言を繰り返していたもんです。さすがにお武家のお姑さまは腹が据わっていらっしゃる」

治助より千代のほうがましだと言われて、面白かろうはずがない。

小さな子を育てながら夫や舅の世話をして、その上わがままな姑の看病をすることがどれくらい大変か。りんだって治助の最期を看取《みと》ったけれど、店には奉公人がいるはずだ。時には人に任せて休む暇だって作れただろう。

「年寄りの泣き言なんて聞かされるほうはたまったもんじゃない。いっそかわいげのないほうがやりやすいってもんですよ」

「りん殿はお口が悪い」

小声で言い返したものの、ふと実母の姿が頭をよぎった。

嫁入り前に亡くなった母は、娘に「苦労をかけてすまない」と手を合わせる一方で、絶えず泣き言を漏らし続けていたのである。

兄の史郎《しろう》には紀世《きせ》という妻がいたけれど、炊事洗濯はもとより夫や我が子の世話もろくにしようとしなかった。小姑《こじゅうと》の栄津は家事と看病に明け暮れ、夜更けにやつれた母の寝顔を恨みがましく見つめたものだ。

もし母が長生きしていたら、自分はどうなっていただろう。束の間のもの思いはりんの声で破られた。

「お姑さまがあたしのことを嫌ったのは、お家のためでござんしょう。二度と来るなと追い払うこともできたのに、渋い顔をなすっても見逃してくだすった。あたしはありがたく思っていたんですよ」

りんの母親は、亭主と娘を捨てて男と逃げたと聞いている。だらしない母を持てばこそ、千代が立派に見えたのか。

だが、千代に仕えた嫁とすれば、うなずくことなどできはしない。買い被《かぶ》りが過ぎると思っていたら、相手が咳払《せきばら》いする。

「先月の火事で亡くなった知り合いが田町《たまち》におりましてね。今日はそちらの御新造さんにお悔やみを言いに行った帰りなんです」

「まあ、そうだったんですか」

「どうにも気持ちが晴れなくて、坊ちゃんとじょうさまのかわいいお顔を見てから品川に帰ろうと思ったんですけど……まさか、こちらのお姑さまもお亡くなりになっていたとはね」

気丈なりんがそんなことを言うなんて、よほど親しくしていたのだろう。問わず語りの呟きはひどく弱々しいものだった。

今年の正月二十四日、青山《あおやま》の武家地から出た火は麻布広尾《あざぶひろお》から高輪《たかなわ》田町の辺りまで激しく燃え広がった。焼け死んだ者はもちろん、火を逃れようとして冷たい海に入り、溺れ死んだ者も多数出たと聞いている。

昨年の五月に江戸城本丸が炎上したため、師走の二日に「天保」から「弘化」と改められた。にもかかわらず、初っ端《しょぱな》から火事を呼び込まれては改元した意味がない。今の御公儀のなさることはすべて裏目に出てしまう。

「旦那を亡くした御新造さんは、初七日を過ぎたのにそりゃもうたいそうな嘆きようで、とても見ちゃいられませんでした」

「本当にお気の毒でございます」

何の心構えもなく、突然夫を失った妻の悲しみはいかばかりか。この先どうすればいいのかと途方に暮れているのだろう。見ず知らずの相手を思いやれば、りんは忌々《いま》しげに鼻を鳴らす。

「見ちゃいられないと言ったのは、かわいそうだからじゃありません。いい年をしてみっともないと呆れたんですのさ」

「夫に死なれた妻が嘆き悲しむのは当たり前のこと。りん殿は夫を持たぬから、そのように冷たいことをおっしゃるのです」

「ええ、女郎《じょろう》上がりのあたしは亭主どころか、身請けしてくれた旦那の葬式にだって出られやしない。初七日も過ぎてから何食わぬ顔でお悔やみに行くのが精一杯、人目も憚《はばか》らず泣くなんてとうていできない身の上ですよ」

怒ったように言い返され、栄津はしまったと口を押さえる。火事で亡くなった知り合いはりんの旦那だったのか。

年からいって男女の仲は終わっていようが、泥沼から拾ってもらった感謝の念は強いだろう。その恩人の葬式にも出られず、故人との仲も口にできない。泣き崩れるだけの御新造に苛立つのも無理はない。

「跡継ぎの若旦那は二十歳《はたち》になったばかり。ここで御新造さんが踏ん張らないと、旦那も成仏できやしません」

口では「子供たちの顔を見に来た」と言いながら、本音は愚痴《ぐち》をこぼしたくて深川《ふかがわ》に足を向けたのか。

相手の生い立ちと今までの付き合いを考えれば、ここは黙ってうなずくべきだ。頭ではそうわかっているのに、栄津の口から出てきた言葉は違った。

「ですが、誰もがりん殿のように強いわけではありませんから」

時々顔を合わせる恩人を亡くすのと、長年連れ添った夫を亡くすのは意味合いが異なる。しっかりしろと言われても、すぐに前は向けないだろう。

ところが、りんは「本当に何もわかっちゃいない」と悲しそうな顔をする。

「生まれつき強い女なんていやしません。弱いままじゃ生きられないから必死で強くなるんですよ。こちらのお姑さまが生きていたら、うなずいてくれたと思います」

栄津が返事に詰まったとき、玄関から「おい、帰ったぞ」と舅の大きな声がした。

二

子供に分不相応なものを食べさせると後のたたりが恐ろしい。

重箱入りの饅頭を食べ尽くした千之助は「もっと食べたい」と駄々をこね、母親を手こずらせてくれた。

御徒目付《めつけ》の浅田又二郎《あさだまたじろう》が國木田家にやってきたのは、我が子がようやく聞き分けた二月十一日のことだった。

姑が病で寝付いてから、舅は目の離せない千之助を連れ出してくれるようになった。幼い子がいないほうが家の仕事は大いにはかどる。

それをありがたく思っていたけれど、今日ばかりは恨めしい。おかげで急な来客を早々に追い返すことができない。幼い我が子が近くにいれば、さも忙しいふりができたのに。

「兄から栄津さんの嫁ぎ先で不幸があったと聞いたのでな」

そう言って上がり込んだ相手は位牌に手を合わせた後、なかなか腰を上げなかった。そのくせ出されたお茶にも口をつけず、じっと黙り込んでいる。栄津は不安と苛立ちをこらえ、相手の出方をうかがった。

口にした用件が建前なのはわかっている。又二郎の実家の水嶋《みずしま》家は栄津の実家である長沼家《ながぬまけ》の隣だ。幼馴染《おさななじ》みを本気で気遣い、千代の死を悼む気があれば、とうに足を運んでいる。

御徒目付は旗本御家人を監督する御目付の配下である。いきなり足を運ばれては何かと世間の目がうるさい。それを知らないわけではあるまいに、又二郎は何をしに来たのか。

「水野《みずの》さまが御老中に再任されてから、御徒目付の方々は御用繁多とうかがっております。私が國木田の家に嫁いで以来無沙汰をしておりますのに、又二郎さまはあいかわらずおやさしいのですね」

つい嫌みたらしい口を利けば、相手の眉がかすかに動く。

二年前の天保十四年閏九月に水野忠邦《ただくに》が老中を罷免《ひめん》されると、江戸っ子は「引っ越しの手伝い」と称して屋敷に押しかけ、塀越しに石を投げつけた。失政をこき下ろす落首が市中にあふれ、中には「鳥居《とりい》をば残し本社は打ちこわし」というものまであったと聞く。水野に引き立てられた南町奉行の鳥居耀蔵《ようぞう》はお役御免になるどころか、勘定奉行を兼務することになったからだ。

兄の史郎は鳥居の屋敷に出入りしており、この時期はますますそっくり返っていたらしい。ところが、昨年六月に水野が老中に返り咲いたことで、城中及び世間の風向きが一変した。

――ひょっとしたら、長沼家は潰れるかもしれん。

昨年の七月、夫は栄津にそう告げた。鳥居はすり寄ってくる微禄《びろく》の者に己の政敵を探らせ、相手に弱みがないときは悪事の証拠をでっち上げて退けてきたらしい。

――水野さまの意を受け、御目付が鳥居さまの御屋敷に出入りしていた者を調べていると聞く。史郎殿は自ら吹聴していたし、まっさきに目を付けられたはず。おまえも万一のときの覚悟はしておけ。

いつになく厳しい表情に栄津は言葉を失った。御老中の返り咲きに伴い、たかが御徒の長沼家が危うくなるなんて。

紀世さんさえ差し出がましい真似をしなければ、兄上が鳥居さまに近づくこともなかったわ。長沼の家が潰れたら、すべてあの人のせいよ。

何年も会っていないせいで、思い浮かべる紀世の顔が若いままなのも腹立たしい。見た目と持参金に目がくらみ、あんな女を妻にした強欲な兄にも腹が立った。譜代《ふだい》席の御家人と違い、抱席《かかえせき》の御徒はお役御免になったらおしまいである。どうなるのかと怯《おび》えていたとき、國木田家の近くで浪人姿に身をやつした又二郎を見かけたのだ。

まさか、自分のせいで夫にも疑いが及んだのか。もし兄の巻き添えを食《くら》いでもしたら、夫や舅姑に申し訳がない——どうしたものかとうろたえたが、その後又二郎の姿を見ることはなかった。

調べて疑いが晴れたのか、別の誰かを探っていたのか。いずれにしてもよかったと栄津は胸をなで下ろした。

そして九月になり、鳥居はとうとう罷免された。鳥居の周りにいた微禄の者も数名捕縛《ほばく》されたらしいが、兄は運よく難を逃れた。悪名《あくみよう》高い切れ者は、史郎をひと目見ただけで「使い物にならぬ」と断じたのだろう。

あれから五ヵ月、すべて終わったと思っていたのに、まだ何か探っているのかしら。口の重い相手に業《ごう》を煮やし、栄津は自ら心当たりを切り出した。

「私は長沼の兄夫婦とは縁を切っております。そのため下谷《したや》の組屋敷には何年も足を運んでおりません」

「ああ、知っている。今日ここに来たのは、お役目とは関わりない」

「では、夫を調べているわけではないのですね」

「当たり前だ。あくまで栄津さんの幼馴染みとして寄らせてもらった」

又二郎の返事を聞いて、栄津の肩から力が抜ける。気まずさをごまかすように「水嶋家の方々はお変わりありませんか」と微笑んだところ、相手の顔つきが険しくなった。

養子に出た人に実家のことを聞くべきではなかったかしら。でも、私は浅田家の方と会ったことがないんだもの。

うろたえた栄津が二の句をためらうと、「困ったことになっている」と又二郎が嘆息した。

「ひょっとして、おばさまの具合が悪いのですか」

又二郎の母の和江《かずえ》はいたって丈夫な人だったが、年は姑と同じくらいだ。思い付きを口にすれば、又二郎がかぶりを振る。

「母はあいかわらず達者だが、兄と折り合いが悪くてな」

「穣太郎《じようたろう》さまとおばさまが？」

水嶋穣太郎は、栄津が娘の頃に淡い思いを寄せた人だ。

和江は噂好きの口うるさい人だったけれど、あの穏やかな穣太郎が母親といがみ合うなんて。栄津はつい「何があったのです」と尋ねてしまった。

「札差《ふださし》から金を借りられなくなり、御家人はみな金の工面《くめん》に困っておる。栄津さんも知っているだろう」

今さら言われるまでもない。吐き捨てるような相手の言葉に栄津は黙ってうなずいた。

天保十四年の暮れ、御公儀は札差に対し旗本御家人の借金を無利子年賦返済にするよう触れを出した。

借金がかさんで身動きが取れなくなった直参《じきさん》を救うためとはいえ、身勝手なお触れを商人が素直に呑むはずがない。たちまち激しい貸し渋りが起こり、旗本御家人の暮らしはよりいっそう苦しくなった。

國木田家では舅の忠兵衛が金を工面してくれた。いつも遊んでばかりいる忠兵衛だが、その分、遊び仲間の商家の隠居や主人に顔が利くらしい。栄津もこの時ばかりは義父のことを見直した。

ところ変わって水嶋家では、穣太郎の嫁の蕗《ふき》の実家、貸本屋の藤屋《ふじや》を頼った。しかし、御改革で人気の戯作者《げさくしゃ》の多くが筆を折り、大店《おおだな》であっても内証は苦しい。それ以前にもさんざん用立てていたこともあって、とうとう去年の暮れに「これ以上は御免こうむります」と断られたとか。

「怒った母は蕗さんを責め、蕗さんは実家に帰ってしまった。兄が母に隠れて迎えに行ったところ、母とはもう暮らせぬと言われたらしい」

「まあ」

「そんな嫁は離縁してしまえばいいものを、兄は俺に母を引き取れと言い出した。母も俺の世話になりたがっているからと」

確かに和江は出来のいい二男がお気に入りで、よく「又二郎に水嶋家を継がせればよかった」と言っていた。

しかし、養子先の当主になったとはいえ、養父母は健在のはずである。立場の弱い又二郎が実母を引き取ることは難しかろう。

「それで、おばさまはどうなさっているのですか」

癇癪《かんしやく》持ちの和江のことだ。息子に邪魔者扱いされておとなしくしているはずがない。そう思ったら案の定、自ら組屋敷を飛び出して浅田家に押しかけてきたのだとか。

「ひとまず俺の知り合いに預かってもらっているが、いつまでもこのままというわけにはいかん。俺は正月からずっと頭を抱えている」

一方、蕗は和江の不在を知って組屋敷に戻ったらしい。それでも「義母上が戻ってこられるなら、私は出ていきます」と言い張っているという。

「御徒一番組の水嶋穣太郎は妻の機嫌を取るために老いた母を追い出した——こんなことが噂になったら、弟の俺の肩身も狭い。下手をすると、家内取締り不行き届きで兄はお役御免になるかもしれん」

「それは、大変でございますね」

栄津は話を合わせたものの、腹の中では呆れていた。

和江は昔から嫁の実家に無心をしながら、町人上がりの嫁を見下《みくだ》してきた。辛抱できなくなった蕗が「姑とは暮らせない」と言い出す気持ちはよくわかる。

だが、非は和江にあったとしても、老いた母を追い出すのはいかがなものか。穣太郎も妻の実家を当てにせず、己の力で金を作ればよかったのだ。そうすれば、嫁姑の仲がここまでこじれることはなかっただろう。

——愚か者は目先の手間を惜しんで後で苦労をする。我が子がそうならぬよう、幼いうちから目を光らせておきなされ。

ふと姑の小言を思い出し、栄津は苦笑してしまう。

だが、又二郎にそんな失礼なことは言えない。栄津は当たり障《さわ》りのないその場しのぎを口にした。

「今はそう言っていても、いずれ蕗さんの考えも変わりましょう。長年ひとつ屋根の下で一緒に暮らしてきたのですから」

「たとえ気の迷いでも、姑と暮らせないなんて嫁として言うべきではない。兄が不《ふ》甲斐《がい》ないから妻が思い上がるのだ」

又二郎は声を荒らげてから冷めてしまったお茶を飲む。そして、ひと息入れる間もなく口を開いた。

「水嶋家を継いでおきながら、老いた母を放り出すとは無責任極まる。兄がここまで役立たずとは思わなかった」

「そこまでおっしゃるのなら、又二郎さんがこのままおばさまのお世話をなさいませ。おばさまもそれを望んでいるのでしょう」

蕗の味方をするつもりはないが、和江からは嫁の悪口を嫌になるほど聞かされている。又二郎が引き取れるなら、それに越したことはない。

話をまとめるつもりで言えば、相手が「冗談ではない」と気色《けしき》ばむ。

「俺は誰より学問に励み、浅田家の養子となったのだぞ。どうして実家の母の面倒まで見なければならん」

「私にそうおっしゃられても」

「母より妻を取るなんて孝道にもとるというもの。家を継いだ兄が母の面倒を見るべきではないか」

「確かにおっしゃる通りですが」

「どうして養子に出た俺が水嶋家のことで苦労しなければならんのだ」

憤《いきどお》るのは勝手だが、ぶつける相手が違うだろう。さすがに付き合い切れなくなり、「又二郎さん」と呼びかける。

「そういうことはお身内で話し合ってくださいませ」

夫より身分が上であろうと、今日は「幼馴染みとして来た」と言われている。強い調子で言い切れば、相手は気まずげに口をつぐむ。それからいきなり手をつくと、「頼む」と栄津に頭を下げた。

「水嶋の家に行き、母を迎えに行くよう蕗さんを説得してくれないか」

兄嫁を非難した舌の根も乾かないうちに「母を迎えに行くよう説得してくれ」とはどういうことだ。しかも、どうしてその説得をこの私に頼むのか。栄津は一瞬耳を疑い、目を丸くして聞き返す。

「なぜ私におっしゃるのです」

「栄津さんは口うるさいと評判の姑とうまくやっていたのだろう？　水嶋の母が特にひどいわけではないと知れば、蕗さんだって思い直すに違いない」

「……そのような差し出がましい真似はできかねます。又二郎さんがご自分で蕗さんを説得なさいませ」

「夫が言って聞かないものを義弟《おとうと》が言って聞くものか。世間ではよく、女は女同士と言うではないか」

　蕗に頭を下げたくないから、代わりに下げろと言うつもりか。和江の面倒を兄嫁に押し付けるつもりなら、悪《あ》しざまに言わなければいいものを。とことん身勝手な頼みに栄津はうんざりしてしまった。

――俺は……子供の頃からずっと栄津さんが好きだった。御番入《ごばんい》りしたらすぐ、栄津さんを嫁に欲しいと史郎殿にお願いする。だから、あと二年待って欲しい。

　十一年前、又二郎からの求婚を断って本当によかった。あの言葉を信じていたら、今頃どうなっていたことか。

　女は女同士と言うのなら、他に頼むべき人がいるだろう。栄津は大きなため息をつき、首を左右に振った。

「でしたら、御内儀《ごないぎ》さまに頼まれてはいかがですか。又二郎さんの御内儀さまは蕗さんの義妹《いもうと》に当たります。赤の他人の私よりよほど近しい間柄ですし、武家の妻の心得は誰よりもよくご存じでしょう」

当然のことを口にすれば、又二郎の顔が凍りつく。この様子では、旗本の娘の妻に実家で起きた面倒を隠しているのかもしれない。兄の妻が町人の出ということさえ伝えていないのかもしれなかった。

「御内儀さまは大番士《おおばんし》のお家柄とうかがっています。私などよりよほど上手に蕗さんを説得なさるでしょう」

「いや……それはできぬ」

又二郎は一瞬詰まり、ややあってかぶりを振った。

「俺は浅田又二郎として妻を娶《めと》ったのだ。水嶋家のことに関わらせるつもりはない」

「でしたら、おばさまや穣太郎さんにもそうおっしゃってはいかがですか。自分は浅田家の養子で、水嶋家とは関わりないと」

頼みの二男に切り捨てられたら、和江は果たしてどう出るか。大騒ぎするのがわかっているから又二郎も苦慮しているのだろう。

だが、嫁入り前の義理だけで手を貸してやる筋合いはない。それこそ今も隣に住む紀世に頼めばいいではないか。

「又二郎さんが浅田家の者だとおっしゃるなら、私は國木田家の者です。水嶋家とは何の関わりもございません」

きっぱり断りを口にすれば、又二郎は諦めたように立ち上がった。

三

近頃、國木田家では家を出る順番が決まっている。まず夫の義三が出仕してから娘の春が出かけるのだが、

「何をぐずぐずしているのです。急がないと遅れますよ」

鏡台の前に立つ十歳の娘を急かしたところ、春は着物の袖を広げて振り向いた。

「母上、おかしくありませんか」

毎日同じ着物を着ているのだから、今さらおかしいも何もない。それでも帯は大丈夫か、髪は乱れていないかと念入りに確かめる。

「はいはい、大丈夫ですから行ってらっしゃい」

母の言葉に安心したのか、春が手習い道具を持ってばたばたと出かけていく。栄津は娘の後ろ姿を笑みを浮かべて見送った。

手習いを始めたばかりの頃は恰好《かっこう》なんて気にしなかった。固い蕾《つぼみ》がほんの少しずつ色づくさまは覚えがあるだけにくすぐったい。

幸い、春は長ずるにつれて見た目のいい夫に似てきたようだ。赤ん坊の頃は自分によく似たしもぶくれだったのに。年頃になれば、それなりに人目を惹《ひ》くようになるだろう。あいにく千之助は母親に似てしまったけれど、男は見た目より才覚である。

あと三年もしたら『都風俗化粧伝《みやこふうぞくけわいでん》』を春に譲ってあげましょう。その頃には御改革も終わっているはずよ。

かつて、夢中で読み込んだ「きれいになるための書物」は今も行李《こうり》の中にある。御改革で女が華美《かび》に装《よそお》うことは固く禁じられているが、女は女である限りきれいになりたいと願うものだ。

疱瘡《ほうそう》にかかってあばたが残ってしまった義母は、孫娘が己の二の舞いになることをことのほか案じていた。これからは母の自分が気を付けてやらないと。

女は見た目次第で一生が変わる。千代だってあばた面にならなければ、遊び人の舅に嫁ぐことはなかったろう。

このまま見目《みめ》よく育ってくれれば、きっと良縁に恵まれる。でも、紀世さんのような人もいるから気を付けないといけないわね。

先走って余計なことまで考えていたら、舅に声をかけられた。

「ちょいとぶらぶらしてくる。千之助が腹を空《す》かせた頃に戻るから」

「はい、行ってらっしゃいませ」

このところいい天気が続いており、今日ものんびり歩くにはもってこいの陽気である。栄津は忠兵衛と千之助を送り出してからひとり仏壇の前に正座した。

姑が生きていた頃、この家でひとりきりになることはめったになかった。買い物から帰ったときも、まず「ただいま帰りました」と義母に挨拶したものだ。

そういえば、義母上が亡くなってから「ただいま」と言った覚えがない。いつになくしんみり思ったとき、玄関先で甲高い声がした。

「栄津さん、聞いてちょうだい。穣太郎ときたらとんだ親不孝者なのよ」

聞き覚えのあるその声に栄津は顔をこわばらせる。

幼馴染みが訪ねてきたのは二日前のことである。そのとき「蕗を説得してくれ」と言われたが、自分はきっぱり断った。

それで終わったと思っていたのに、どうして和江が訪ねてくるのだ。慌てて玄関に行けば、白髪の老婆が立っていた。

顔には深いしわが寄り、腰も曲がってしまっている。それでも疲れた様子を見せず、和江は栄津の顔を見るなり身をよじった。

「又二郎から聞いたと思うけれど、栄津さんもひどいと思うでしょう。私はもう情けないやら、悔しいやら」

見た目はすっかり年を取っても、持ち前の身勝手さと声の大きさは変わっていない。こちらが面食らっている隙《すき》に和江はそそくさと上がり込んだ。

「あの、どうして急にいらっしゃったんですか」

「もちろん、栄津さんが私を案じていると又二郎に聞いたからです。私は昔から栄津さんを実の娘のように思っていたけど、あなたも同じ思いでいてくれたのね。昨日話を聞いたときはありがた涙がこぼれましたよ」

何年も会っていないのに、実の娘もないものだ。又二郎は調子よく「栄津さんなら相談に乗ってくれる」と吹き込んだらしい。

蕗の説得が無理ならば、母を諭《さと》せというつもりか。まんまとしてやられたと栄津は奥歯を嚙《か》み締める。

「実の母親よりも嫁の肩を持つなんて。穣太郎は蕗のせいですっかり人変わりをしてしまったわ。町人上がりの嫁なんてさっさと離縁すべきだったのよ」

「………」

「姑と暮らしたくないなんて嫁の分際でよくも言えたものだわ。嫁は夫と姑に仕えるものでしょう」

「………」

「やはり穣太郎ではなく、又二郎に水嶋家を継がせればよかった。後悔先に立たずとはこのことです」

こちらが返事をしなくても、和江は勝手にまくしたてる。白目は血走り、こめかみには青筋が浮いている。この形相《ぎょうそう》の老婆ともしも山道で出会ったら、誰しも山姥《やまんば》と思うはずだ。しかも、唾を飛ばして訴える中身は、栄津が嫁入り前に聞いた話とほとんど変わっていなかった。

犬猫だって十日も飼えば少しは情が湧《わ》くものだ。十年以上ひとつ屋根の下で暮らしていながら、この人は何をしていたのだろう。栄津は目の前の年寄りが本物の化物のように思えてきた。

「やはり武家の嫁は武家の娘でないと務まらないのです。穣太郎の意を酌《く》んで、町人上がりの嫁を迎えたのが間違いでした」

和江は事あるごとに蕗を「町人上がり」と見下すけれど、藤屋の娘と承知で嫁に迎えたはずである。家風に合わないと言うのなら、水嶋家のやり方を蕗に教えてやればいい。

何も教えずに文句を言うのは嫌がらせとしか思えない。嫁として蕗に同情したとき、栄津ははたと気が付いた。

義母は嫁を叱っても、嫁の悪口を他人には言わなかった。もしも隠れて言っていれば、栄津の耳にも入っただろう。何より金に困っても、実家から金を借りてこいと命じられたことはない。

他人の悪口は気軽にできても、身内の恥は口にしにくい。和江にとって蕗はあくまで他人だからいつまで経っても悪く言える。千代は栄津を己の身内と思えばこそ、本人に厳しく言ったのだ。

「こちらの義母上は本当にお幸せでしたよ。栄津さんのようによくできた嫁に看取ってもらって。私なんてこの先どうなることか」

己の言葉にあおられたのか、和江の血走った目が潤《うる》む。興奮のあまり赤らんだしわ深い顔を見返して、栄津はようやく言葉を発した。

「とんでもない。私は不出来な嫁でございました」

千代が生きている間、さんざん恨んでいたのだから。言葉少なに言い返せば、相手は口に手を当てる。

「私に謙遜《けんそん》することはありませんよ。國木田家の千代さんと言えば、口うるさいと評判のお人でした。あなたがお嫁入りを決めたとき、私は本当に心配したのよ。でも、さすがは栄津さんだわ。泣き言も言わずに最後まで仕えたんだもの」

「いいえ、義母の気持ちを最後まで酌むことができませんでした」

「まあ、なんて奥ゆかしいんでしょう。うちの嫁に栄津さんの爪《つめ》の垢《あか》でも煎《せん》じて呑ませてやりたいわ」

嫌みなのか、本心なのか。和江は作り笑いを浮かべる。栄津は首を左右に振った。

「義母上は私を國木田家の者として受け入れ、家を任せるべく育ててくださったのに……私はそのありがたみをちゃんとわかっていませんでした。おばさまは蕗さんを水嶋家の嫁として受け入れていらっしゃいますか」

たとえ商家の出であろうと、穣太郎に嫁いだからには武士の妻だ。それなのに、母の和江が「町人上がり」と言い続ければ、世間は蕗をそういう目で見る。まず姑が嫁を身内として認めてこそ、嫁はその家の人間になれるのだ。

「縁あって長男の嫁に迎えたのでしょう。そろそろ愚痴をこぼすのは控えられてはいかがですか」

「わ、私だって栄津さんのような嫁なら何の不足も申しません。蕗が水嶋家の嫁にふさわしくないから、つい繰り言が出るのです」

　和江は早くに姑を亡くしている。そのせいで姑としてなすべきことがわからないのだろう。栄津がため息をつきかけたとき、相手がにじり寄ってきた。

「だから、栄津さんが嫁としてのあるべき姿を蕗に教えてやってちょうだい。蕗が心を入れ替えるなら、私だって大目に見るつもりです。本当は離縁したいけれど、世間体がありますからね」

　又二郎の入れ知恵なのか、根っから似た者親子なのか。自分からは折れたくないが、他人の家は肩身が狭い。そろそろ「嫁を許す心の広い姑」として下谷の組屋敷に戻りたいらしい。和江の本音が透《す》けて見えて、栄津の顔がこわばった。

「私が何か言うより、おばさまが蕗さんに頭を下げられたほうがよろしいかと存じます」

「悪いのはむこうなのに、どうして私が頭を下げなければならないの。それくらいなら蕗を離縁してやります」

憤慨《ふんがい》する年寄りに栄津は静かに続ける。

「どうぞご随意《ずいい》になさいませ。ですが、離縁なさった後はどうなさいます」

「もちろん、もっとよい嫁を」

「そううまくいくでしょうか。前妻は姑と折り合いが悪くて離縁されたと聞けば、たいがいの女は怖気《おじけ》づきます。後添《のちぞ》いはなかなか見つからないと思いますが」

「何ですって」

「いくら蕗さんに非があるとおっしゃったところで、世間はとかく姑を悪く言うものです。我が夫も義母が口うるさいと評判だったせいで、なかなか縁談がまとまらなかったではありませんか」

和江は栄津に言われるまで、自分が厄介《やっかい》な姑だと思っていなかったらしい。何度も口を開けたり閉じたりしていたが、言葉は出てこなかった。

「おばさまから頭を下げれば、蕗さんだって戻ってくるなとは言えますまい。老いた姑を足蹴《あしげ》にした嫁と陰口を叩かれますから」

「……だからって、どうして私から」

不満げに呟く表情はまるで幼い子供のようだ。実際、和江の考えは子供とあまり変わらない。栄津は「よく考えてください」と声をひそめた。

「おばさまだっていつまでもお元気とは限りません。ここで蕗さんに頭を下げないと、後が大変ですよ」

「どういうこと」

「病の床に就いたとき、誰に面倒を見てもらうのです。いよいよ身体が利かなくなれば、厠《かわや》に這《は》っていくこともできなくなります。そのとき誰の手を借りるか、わかっていらっしゃいますか」

こちらが言い終える前に和江の顔から血の気が引く。ついさっき「私なんてこの先どうなることか」と言ったくせに、ちゃんと想像してみたことがなかったようだ。栄津はここぞと膝を進めた。

「私の聞いた話だと、姑を恨んでいる嫁はずいぶんひどい仕打ちをするそうです。厠に連れていってもらえずに粗相《そそう》をしたり、汚れた布団を干してもらえなかったり。おばさまも耳にしたことがあるでしょう」

「そんな仕打ちをされるなら、死んだほうがましですっ」

「では、蕗さんを離縁なさいますか。女手がなくなれば、穣太郎さんやお子たちもさぞかしお困りになるでしょうね」

水嶋家に奉公人を雇う金はないから、たちまち行き詰まるに決まっている。言葉を失った年寄りに栄津はやさしくささやいた。

「幸いおばさまはお達者ですし、これから蕗さんとうまくやればいいのです。わだかまりが解ければ、病人に仕返しなんてしないでしょう」

「……そういうあなたは病の義母上に仕返ししたの？」

恐る恐る尋ねられ、栄津は目をしばたたく。世間の人は姑と自分をそんなふうに見ていたのか。

姑は息を引き取るまで一度として栄津に礼を言ったりしなかった。それでも自分は精一杯看病したつもりである。

だが、それを今ここで和江に教える義理はない。

栄津は意味ありげに微笑《ほほえ》んだ。

四

忠兵衛が千之助を連れて帰ってきたのは、九ツ（正午）をだいぶ過ぎた頃だった。

幸い和江は去った後で、栄津は握り飯を作って二人に差し出す。その後、遊び疲れた千之助が眠ってしまうと、栄津は畑に青菜の種を蒔《ま》き出した。

本当は昼前に蒔くつもりだったのに、和江が押しかけてきたせいですっかり段取りが狂ってしまった。姑が生きていたら、さぞかし怒ったに違いない。

「栄津がそういう恰好をしていると、千代の若い頃を思い出すな」

縁側で煙管《キセル》をくわえながら忠兵衛が呟く。

畑仕事をしている栄津は姐《あね》さん被りにたすきがけ、着物の裾はすねが見えるほど上げている。武士の妻として人前には出られない姿だけれど、これでなくては動けない。

「当たり前でございましょう。私のやり方はすべて義母上仕込みでございます」

又二郎や和江に会う前なら、姑に似ていると言われても喜べなかった。だが、今はこの家に嫁いでよかったと思っている。

炊事や掃除洗濯だけでなく、千代は畑仕事のやり方にもうるさかった。鍬《くわ》の持ち方から種を蒔く時期、水や肥やしのやり方まで。「なっておらん」と怒られるたび、肝を冷やしていたものだ。

百姓ではないのだから、種を蒔いて実ったものをありがたく食べればいい。初めの頃は「そこまでうるさく言わなくたって」と腹の中で文句を言った。

だが、こっそり我流でやったものは育つ途中で枯れてしまった。埋立地の深川は下谷と土の性質《たち》が違う。栄津は己の考え違いを反省し、それからは千代に言われた通り畑を耕すようになった。

それにしても、千代は驚くほどものをよく知っていた。そのわけを舅に尋ねれば、なぜか相手は胸を張る。

「そりゃ、俺と一緒になったからだ」

「そうなのですか」

「ああ、俺が頼りなかったせいで、しっかり者になったのよ」

それは誇らしげに言うことではないだろう。栄津は内心呆れたけれど、嫁の立場で口にするべきことではない。

「おかげで、俺は楽をさせてもらったがな。この家が続いているのは、すべて千代の手柄だ」

「義父上、そんなことはございません。札差の貸し渋りにあったとき、義父上がお金を工面してくださったではありませんか」

うなずくこともできなくて、慌てて義父を持ち上げる。すると、忠兵衛は面白がるように目を細め、鼻から白い煙を吐いた。

「俺は千代の文を持って金を借りに行っただけだ。先方が金を貸してくれたのは、俺にじゃなくて千代になのさ」

長年遊び歩いている忠兵衛は顔こそ広いが、いい加減な人となりも知られている。いくら頭を下げたところで金を貸してくれる相手はいないらしい。

「その点、千代は信用があったからな。もし千代の身に何かあったとしても、あいつが仕込んだしっかり者の嫁がいる。必ず返ってくると思えばこそ、むこうは金を貸してくれたんだ」

「そうだったのですか」

何とも締まらない話だが、言われてみれば納得する。

そういえば、一度舅に騙《だま》されて長沼家に金を借りに行ったことがあった。自ら金を作れるなら、忠兵衛だって嫁を騙したりしないだろう。

「もっとも、栄津にとっては厄介な姑だったろう」

「いいえ、そんなことはございません」

千代が今も元気なら、口先だけの返事だったに違いない。二度と叱られないとわかっているから本気でそう言えるのだ。

「世間にはもっと面倒なお姑さまがたくさんおります」

「へえ、そいつぁおっかねぇ」

舅はわざとらしく身震いして灰吹きに煙管を打ちつける。それから遠くのほうに目をさまよわせた。

「おめぇが千代を恨んでいなくてよかったよ」

ほっとしたように呟かれ、栄津は思わず笑ってしまう。和江といい、忠兵衛といい、自分と千代はそんなに険悪に見えたのか。

義母に私を認めさせる——ずっとそう思ってきたけれど、千代は嫁に選んだときから栄津を認めてくれていたのだ。

「恨むだなんてとんでもない。義母上は最初から私を己のふところに入れてくださいましたもの」

「なるほど、それで懐《なつ》いたか」

犬猫ではあるまいし、懐くだなんて人聞きの悪い。とっさに眉間にしわを寄せると、忠兵衛が片眉を撥ね上げる。

「懐くという字は懐《ふところ》と書くじゃねぇか」

言われてみれば、確かにそうだ。懐く、懐かしい——慕わしさを示す言葉は

「懐」という字が使われる。

容赦《ようしゃ》なく叱られて、憎んだことは何度もある。春を連れて逃げたいと涙をこぼしたこともある。それでも千代が亡くなったとき、うれしいなんて思わなかった。これからどうすればいいのかと心細くなったほどだ。

しかし、いつまでも不安に思っていたら、それこそ千代に叱られる。栄津は背筋を伸ばして話を変えた。

「義父上、いつも千之助の面倒を見ていただき、ありがとうございます。ですが、毎日連れ出していただかなくても大丈夫でございますよ。たまにはおひとりで行きたいところもございましょう」

姑が寝込むまでひとりで出歩いていた人である。子守りは飽きただろうと気を遣えば、忠兵衛は苦笑した。

「俺じゃ危なっかしくって我が子を預けられねぇか」

「そうではありません。千之助と一緒では行けないところもあるでしょうから」

「気を遣ってくれるのはありがたいが、今はひとりになりたくねぇのさ」

そう答えた顔が急に年を取って見え、栄津はふと不安になった。

いくら元気でも忠兵衛は高齢である。出先で倒れでもしたら、取り返しのつかないことになる。

「身体の具合が悪いのなら、毎日出歩かれないほうがよろしいですよ」

「ここには千代の思い出が沁《し》みついていやがるからな。知らぬ間に姿を探しちまって、一日中なんていられやしねぇ」

困った顔をする相手に栄津は目をしばたたく。

自分がいつも叱られていたように、忠兵衛もまた妻に文句ばかり言われていた。そこまで妻を懐かしんでいるとは夢にも思っていなかった。

「そのくせ家に帰ったら、千代が迎えに出てきそうな気がするのよ。もう四十九日も過ぎたっていうのに」

どうやら栄津の出迎えでは物足りないらしい。義父の帰る場所は組屋敷ではなく、義母のいる場所だったのか。

姑もそれをわかっていて勝手を許していたのだろう。そのくせ先に逝《い》ったのは、最後に妻のありがたみを教えるためだったのか。

――生まれつき強い女なんていやしません。弱いままじゃ生きられないから必死で強くなるんですよ。

ふと、りんの言葉を思い出し、栄津は含み笑いをする。

もしも私が先立ったら、旦那さまは何を思うだろうか。そんなことを思いつつ再び種を蒔こうとしたら、忠兵衛に「なあ」と呼びかけられた。

「今年の梅の実の出来はどうだ」

千代の好きだった梅の木に花はもう残っていない。栄津は「どうでしょう」と首をかしげる。

「梅の実の出来については、義母上の見立ても当てになりませんでしたから」

「ああ、見立てが外れるともっともらしい言い訳ばかりしやがったっけ。本当にかわいげのない女だった」

「まあ」

置いて逝かれてさびしいくせに、まだ悪口を言っている。嫁が呆れているのを知ってか知らずか、忠兵衛が片頬だけで笑った。

「これからは栄津がひとりで梅干を漬けなきゃならねぇな」

「いいえ、ひとりでなんていたしませんよ」

「何だ、俺にも手伝えって言うのかい」

「せっかくですが、義父上の手伝いはかえって邪魔になります。春に手伝ってもらいます」

娘が大人になって嫁いだとき、恥ずかしい思いをしないように——千代から教えられたことを春に教えるのが國木田家の嫁の務めである。

蒔いた種はいずれ芽を出す。

花は散っても実は残る。

そうして、家は続いていくのだ。

小普請組《こぶしんぐみ》

梶よう子

一

すっかり目覚めた雀たちが、木々の枝でかまびすしい鳴き声を上げている。

野依《のえ》駿平《しゅんぺい》は、夜具に横たわる養父孫右衛門《まごえもん》の枕頭《ちんとう》に膝《ひざ》を揃《そろ》え、かしこまった。

昨夜から熱を出して臥《ふ》せっている孫右衛門の額には濡れた手拭《てぬぐ》いが載せられている。

駿平は手拭いを手にすると、水を張った桶《おけ》に浸し、絞り上げた。

その水音に気づいた孫右衛門がうすく眼を開けた。継裃《つぎかみしも》を身に付け背を正して座する駿平の姿に、孫右衛門が満足げに頷《うなず》いた。薄い紫の肩衣《かたぎぬ》には、野依家の家紋である抱《だ》き銀杏紋《いちょうもん》がある。

「よく似合《にお》うておる。立派だぞ」

「ありがとう存じます」

駿平はぺこりと頭を下げた。

途端に孫右衛門が熱で乾いた唇《くちびる》を歪《ゆが》めた。

「いかんいかん、もそっとゆっくり丁寧に。首だけで辞儀をしてはならぬといったはずだ」

「ああ、そうでしたね。ついうっかり」

白い歯を見せ、にっこり笑った。

「これ。みだりに歯など見せてはならん。笑うなら遠慮がちに微笑《ほほえ》むていどでよろしい」

駿平は口角を少し持ち上げた。頰《ほお》の肉がぴくぴく震える。

「う、うむ。まあそれくらいならよいな」

そういうと孫右衛門は、にわかに夜具を引き上げ、咳《せ》き込んだ。駿平はむすっと唇を結ぶ。

よほど珍妙な笑い顔をしていたに違いない。

駿平は、下谷広小路《したやひろこうじ》にほど近い上野町《うえのまち》で『つる屋』という瀬戸物屋を営む商家の五男坊だったが、ひと月前、孫右衛門の隠居願いが受理されたため、野依家に養子に入ってわずか一年で、当主となった。

野依家は百五十俵《ぴよう》の御家人《ごけにん》だ。上様の顔を拝することなどできないお目見《めみえ》以下の身分。

養父孫右衛門は、家督を二十歳で継いで二十八年間、無役無勤の者らが属する小《こ》普請組《ぶしんぐみ》のまま、一度も御番《ごばん》入りせず過ごしてきた。無役の者が、お役に就《つ》くことを御番入りという。つまり孫右衛門は、生まれてこのかた、働いたことがなかった。

それというのも、若いころからなにかと病《やまい》がちで、季節ごとに風邪《かぜ》を引き、くだり腹はあたりまえ、しじゅう頭痛、歯痛に悩まされ、いまは痔瘻《じろう》持ちというありさまだ。

望めないと思っていた子がもうけられただけ幸いで、女児ではあったが、その子が孫右衛門に似ず風邪ひとつ引かずに育ったのは、ひとえに妻の吉江《よしえ》が武芸達者の健康体であったからだ。

野依家と駿平を結びつけたのは、手跡指南《しゅせきしなん》をしている孫右衛門の友人だった。商家の五男で歳は十七。そこそこ賢く健康な男子がいると話を聞き、孫右衛門は色めきたった。

孫右衛門にとっては一に健康、二に丈夫。多少人品卑《じんぴんいや》しかろうと野依家存続のため健《すこ》やかな身体を持つ男子がなによりの条件だった。

妻の吉江もすでに四十路《よそじ》に近い。いまさら元服前の少年に躾《しつけ》をし、教育をほどこす余裕もなければ銭金もない。

なにより虚弱な孫右衛門自身が隠居したくてたまらなかったのだ。

考えたあげく、すでに育った男子を得ればよいという結論にいたったが、貧乏を承知で養子に来てくれる武家の男子はなかなか見つからず、困った矢先の朗報だ。

聞けばその五男坊、商家の倅《せがれ》ということもあり書も算術も得意。そのうえ家は繁盛している瀬戸物屋だ。さらに先々代の妻は武家の出というおまけもつき、これを逃す手はないと孫右衛門、咳き込みもなんのその、尻の痛みに耐え、杖を突きつつ、つる屋へ乗り込んで、主《あるじ》夫婦をかき口説《くど》いた。

貧乏御家人の養子と聞いて苦い顔をするふた親をよそに、当の駿平は、男五人兄弟では、この先分家を立てられるかわからぬし、うまくいっても商家の婿《むこ》止まりならば、いっそ武士になるのも面白かろうと、末っ子特有ののん気さも手伝って、いささか軽い気持ちで承諾した。

かれこれ五十年ほど前の南町《みなみまち》奉行は、町人の生まれだという噂を聞いている。そのような強運は持ち合わせていないにしても、どうせ人生一度きり。額に汗し眼を血走らせ、どうか我が野依家へ来て欲しいと懇願する孫右衛門に少々同情した感もなくはないが、これまで自分へこれほど期待に満ちた眼を向けてくれる人間などいなかった。だいたいもう男児はいらぬと付けられた名が留吉《とめきち》だ。

駿平の名は野依家でもらった。将来妻になるであろう野依家のひとり娘のもよが、まだ十であるのが不安ではあったが、当面は兄と妹の間柄。姉妹がいない駿平は、「兄上」やら「兄さま」などと呼ばれるのも乙《おつ》なものだろうと、軽薄な思いも抱いていた。

初めて対面したとき、もよは、武家の娘らしく背筋を伸ばしてきちりとかしこまり、「お目にかかれて嬉《うれ》しゅうございます。もよでございます」と、静かに頭を下げた。養母の吉江に似て、ちょっと眼と眼の間が離れているが、愛らしい顔立ちをしていた。初対面のために着たのか、鮮やかな赤い着物がよく似合っていた。

「あ、み、身どもは留吉、じゃなかった、駿平でござる。す、末永くよろしくお願いいたすでござる」

しどろもどろの駿平に、もよは大きく眼を見開き、桜色の小さな唇をほころばせた。養母の吉江が口許に指を運んで、ほほほと小さく笑う。

「無理はなさいますな。言葉はおいおい馴《な》れていきましょう」

はい、と肩をすぼめた駿平に、もよが、「こちらこそ、末永くよろしくお願い申し上げます……駿平、兄さま」と気恥ずかしげにいった。瞬間、その甘美な響きに、駿平の心《しん》の臓《ぞう》は案の定射抜かれた。

しかしいざ養子に入ると、武家の作法や決まり事が多く辟易《へきえき》した。

歩くときは、つま先を少し上げて足を運ぶ。腕を振りながら歩かない。急ぐときもやたら駆け出さない。畳《たたみ》の縁《ふち》を踏んではいけない。往来では、左側を歩く。訪問先での刀は右に置き、下げ緒《お》は正座した膝下に、などなどなど、だ。

いまだにその機会に恵まれず、ほっとしているのが、旅先や他家に泊まる際、床《とこ》では常に右半身を下にして眠ることだ。左側を歩くのは、鞘当《さやあ》てを避けるためなのはわかるし、当然だろうと思うのだが、右半身を下にするのは、不意に寝間を襲われたとき、すぐに対処するためらしい。この太平楽な世で、いまどき寝込みを襲うとか襲われるとかを考えていること自体が不思議でならなかった。

面倒に感じたのは、刀と袴《はかま》だ。町人の倅では、脇差しを帯びるとか、袴を着けるとか、普段の暮らしではあり得ない。けれど、武士は常に外出時には袴を着け、必ず大小二本差す。うっかり丸腰で出掛けたときには、中間《ちゅうげん》の政吉《まさきち》がすっ飛んで来た。しかも、重い。左の腰が下がる。歩きづらい、どうせ刃を抜くことなどないから、竹光《たけみつ》でいいじゃないかと思ったが、そうはいかないらしい。刀の手入れも怠《おこた》ってはならない。

懐紙をたっぷり懐に入れなければならないし、矢立《やたて》だ印籠《いんろう》だと、持ち物をちゃんと揃えなければ、外出できない。

中でもしばらく馴れなかったのは、屋敷内が静かすぎることだった。実家が商家であるから、人の出入りは頻繁で、家族以外にも奉公人が多くいる。しかも男五人の兄弟だ。誰かしら取っ組み合いの喧嘩《けんか》をしているわ、その度に母の金切り声が響くわで賑《にぎ》やかな事この上ない。飯時、朝の厠《かわや》などは戦《いくさ》さながらの争いだった。末っ子の駿平は、四人の兄のためにどれだけ我慢を強《し》いられたことか。

だが、野依家はまるで違っていた。駿平が来る前は、孫右衛門、吉江、もよと、中間の政吉の四人暮らしだったが、まず屋敷の中に漂う気が異なる。穏やかで落ち着いた中に、厳《いか》めしさというか、行儀のよさがあった。二百五十坪近い拝領地の半分が畑で、建坪三十坪の屋敷に、座敷の数は六つ。百五十俵の屋敷としてはまあまあといったところだ。

静かなのは、孫右衛門が臥せりがちということもあるだろうが、まず大声を出さないし、大口開けて馬鹿笑いもしない。飯も吉江ともよは給仕をするだけで、ともに膳を囲まない。初めのうちは、菜をかすめ取られることなく、ゆっくり食せるのが嬉しかったが、沢庵《たくあん》を嚙む音だけが座敷内に満ちるのは、心寂しくもある。

さらに発覚したのが、孫右衛門はお家存続を第一に考えていたが、養母吉江はそうではなかったことだ。

かつて野依家では徒目付組頭《かちめつけ》まで昇進した先祖がいたらしく、なみなみならぬ期待が駿平に寄せられた。お役には、将軍や江戸城内警備などを務める番方《ばんかた》（武官）と、財政やら行政を担う役方《やくかた》（文官）があるが、野依家は番方の家柄らしい。

痩《や》せぎすの孫右衛門と違って、血色もよく少々小太りの吉江は瞳《ひとみ》をきらりと輝かせ、

「まずは御徒《おかち》を目指しましょう」

高らかにいい放った。

徒は将軍の身辺を警護するお役目で、平素は江戸城の警備などを務めている。そこから徒目付などに昇任する者が多いという。

「私は商家の倅で、武芸はちょっと、その」

「はったりですよ、はったり。ほほほ」

木刀を握らされ尻込みする駿平にそういって、木刀を構えた吉江の顔から、にわかに笑顔が消え、眼付きまで変わった。

「ちょっと待った、おっ母《か》さん！」

駿平は木刀を握ったまま頭を抱えて、しゃがみ込む。

吉江が眼をしばたたかせた。

「おっ母さんと呼ばれたのは初めてですよ」

その後、課せられたのは毎日の素振りと、武芸達者の吉江への打ち込み百本。青アザとこぶがようやく減って、どうにかこうにか恰好《かっこう》だけはつくようになった。しかし、当然のことながら真剣を抜くような場面に遭遇するのは御免被《こうむ》りたいと願っている。

熱が辛《つら》いのか孫右衛門は苦しげな息を洩《も》らした。

「して、手土産《てみやげ》の用意は怠っていまいな」

「ご安心ください。支配さまの奥方さまが甘味好きということで砂糖漬《づけ》を用意いたしました」

砂糖漬は蓮根《れんこん》や牛蒡《ごぼう》などの野菜を砂糖に漬けた菓子だ。白砂糖をふんだんに使った菓子として贈答などに人気があった。

「ずいぶん値が張ったのではないか」

孫右衛門が心配げに眉《まゆ》を寄せた。

「あ、それはなんとかなりましたので」

「ならばよいが……では供は中間の政吉を連れて行け。あやつは万事心得ておるゆえな」

「そのつもりで用意をさせております。それに、矢萩智次郎《やはぎともじろう》どのに付き添いを頼みました」

そう告げると、温和な表情であった孫右衛門の顔が歪んだ。

じつは駿平の実家の瀬戸物屋が矢萩家に出入りしていたこともあり智次郎とは幼馴染《おさななじ》みで、手跡指南所の師匠も同じだった。

むろん武家と町人で席は別だったが、算術やら手習いの手伝いをよくさせられた。根はいい男だが、少々大雑把《おおざっぱ》で騒々しい上に短気なところが孫右衛門には、あまり好ましく映っていないようだった。

「いずれお役に就くため学びたいと本人も」

「矢萩家の長兄はすでに普請方の同心見習いに出ておるのだぞ。あちらはお役があるゆえ、上司に御番入り願いを出す手もあろうに。部屋住みまでが欲張りおって」

孫右衛門が苦々しい顔をした。

「しかし矢萩家も我が家と同じ百五十俵。長兄の十五俵の役料を合わせても、依然家内は火の車だとこぼしておりました」

米の値段は変動があるため多少高低はあるが、百俵を金銭に換算するとおよそ三十両。百五十俵の家はざっと年四十五両の収入で、ひと月を四両ほどで暮らしていることになる。その中で衣食住のすべてと、親類縁者との交際費、奉公人の給金、小遣いなどを賄《まかな》うのだ。百俵六人泣き暮らしというが、それより幾分ましというていどで、父母に兄弟、使用人が三人の矢萩家も似たようなものだ。

武家の暮らしがつましいのは智次郎から日々聞かされていたが、これほどとは思わなかった。駿平が実の親から得ていた月の小遣いが二分。一両の半分だ。なにかと団子をおごれ、そばを食わせろと智次郎がいっていたのは、ほんとうに銭がなかったのだ。

じつはいまだに駿平は実家から小遣いを得ている。もちろん養父母には内密にだ。

そこから此度《こたび》の砂糖漬代も賄った。さすがに本当のことは養父にいえなかった。

駿平は孫右衛門の寝間を出て玄関へと向かう。馴れない肩衣のせいか、それとも今日から野依家当主として公《おおやけ》の場に出るせいか、身体に妙な力が入っている。

養母の吉江が差料《さしりょう》を持ってすでにかしこまり、駿平を迎えた。

「駿平さん。本日は小普請支配さまとの初逢対《あいたい》。野依家の当主として首尾ようなさりませ。支配の片桐《かたぎり》さまに望みは御徒だとはっきりおっしゃるのですよ」

駿平は頷きつつ、吉江から受け取った大刀をもたもた差した。

「兄さま、行ってらっしゃいませ」

養母の隣でもよが神妙な顔つきをして深々と頭を下げる。

「うん、行ってくるよ」

駿平は腰を屈《かが》めて、もよの頭を撫《な》ぜる。

「もよはもう童《わらべ》ではございませぬ」

もよがぷくりと桃色の頬を膨らませた。陰気な顔の孫右衛門に似ずよかったと、駿平は心の底から感謝していた。

もよの拗《す》ね顔を見たら少し緊張がほぐれた気がした。

駿平が中間の政吉とともに門を出ると、

「よう駿平どの。いよいよだな」

矢萩智次郎がにこやかな顔で立っていた。

二

小普請支配を務める片桐出羽守孝盛《でわのかみたかもり》の屋敷は元飯出町《もといいだまち》にあった。

下谷に屋敷のある野依家からはさほどの道のりではないが、供の政吉に急《せ》かされ駿平と智次郎が着いたときには、逢対に訪れた者たちが門前で列をなしていた。まだ六ツ半（午前七時頃）にもならない。先頭集団はおそらく半刻（約一時間）前には屋敷を出ていたのだ。

門番はこうした光景にすっかり慣れきっているのだろう。塀沿いにお並びくださされと、てきぱき指示を出している。

「ここが列の最後でしょうか」

駿平が背の高い中年の武家に訊ねると、振り向きざま、

「違う違う。あちらの角を曲がったところに別の列がある。そちらへ行かれよ」

険しい顔で指さした。

駿平は智次郎とともに軽く一礼して、その場を離れたが、列の間にぽつぽつ年少の者が混じっているのを見て、首を捻《ひね》った。

角を曲がるとそこでも供連れの者がすでに数十名並んでいる。

「噂に違《たが》わずすごいものだなぁ」

列の最後尾についてぼやいた駿平に、

「今日はご支配さまの逢対日でございますので、小普請組の方々すべてがいらっしゃいます」

老齢の政吉が静かにいった。

旗本は、上様に会えるお目見以上で、御家人はたいていがお目見以下となっている。小普請ではお目見以上は小普請支配、お目見以下は小普請組と呼ばれる。また小普請組は八組に分かれていて、組ごとに組頭がひとりいた。

そもそも小普請は、お役を退いた老年の者や家督を継いだばかりの者、若年の者、あるいはしくじりを犯して役を解かれた者、長患《ながわずら》いの者など、禄高三千石未満の旗本御家人が所属する無役無勤の集団だ。

家督を継いだばかりの駿平は当然、小普請入りだ。小普請は勤めがない代わりに、家禄によって定められた小普請金と呼ばれるものを納める。幕府施設の修理修繕に使うためだ。

そうした小普請金の徴収やらなにやらを管理し監督しているのが小普請支配であ

り、その下に付いているのが組頭だが、さらに支配と組頭には逢対という大事な役割があった。

これは小普請入りしている無役の者たちにとっても重要だ。支配や組頭へ直接、就きたいお役の希望を述べ、己《おのれ》を売り込む場なのだ。

「なにやら皆、殺気立っているものなぁ。政吉さんは養父上《ちちうえ》に付いて幾度か来たのだろう」

「こうして並んでいる最中に、ご隠居さまは腹を下されることが多く、逢対が叶《かな》わぬままお帰りになられましたので」

政吉は悲しそうに眼を伏せた。

逢対日も支配役は、お目見以上が毎月六日、十九日、二十四日の三度、お目見以下が十四日、二十七日と決められており、組頭との逢対は毎月十日と晦日《みそか》だった。今日は五月十四日。小普請支配の逢対日であるので、小普請組のすべての者が訪れているわけだ。

「まだあまりピンとこないですねぇ」

「なにをいうておる駿平。おまえはもう瀬戸物屋の五男坊ではない。野依家の当主だ。部屋住みのおれとも立場が違う」

「そうでございますよ、旦那さま」

智次郎の言葉を受けて、中間の政吉も強く頷《うなず》いた。

駿平はやはり裃に馴染《なじ》めず、肩を揺らした。

まあでも、と智次郎は駿平を下から上へなめるように眺めた。

「おれよりずっと落ち着いて武士らしく見えるぞ。この一年でよくここまできたもんだ」

智次郎が顎《あご》に指をあてて頷くと、

「さようでございます。ご立派ですよ」

政吉など涙ぐんでいる。

「泣くなよ政吉さん。恥ずかしいなぁ」

駿平は懐紙を差し出した。政吉相手だと、気安い言葉になる。政吉は懐紙を受け取ると、おもいきり洟《はな》をかんだ。

一刻（約二時間）ほど待たされ、ようやく邸内に入ることができた。政吉は表で待つ。

「こちらでしばしお待ちくだされ。順にお呼びいたす」

取次に案内された座敷にはまだ数十名が待っていた。駿平と智次郎は皆に軽く会《え》釈《しゃく》をして後方に座した。

と、斜め前の若い武家が息を洩らし、隣の者へ顔を向けた。

「今朝は出遅れた。これからまだ河内守《かわちのかみ》さまのお屋敷へ参るつもりであったのだが……」

「おれもだ。淡路守《あわじのかみ》さまに対客の予定だったが今日は無理だな。間に合わん」

ごそごそ小声で話をしている。

駿平は智次郎に身を寄せて訊ねた。

「智さん、対客とはなんです？」

「対客登城前、略して対客だ。幕府の重職にある方々が城へ上がる前にご機嫌伺いへ参上することだ」

「なんのためですか？」

智次郎が口許をへの字に曲げた。

「逢対だけでは足らぬからだ。重職の方々に顔を覚えてもらい、運がよければお役に推挙していただけるやもしれぬのでな」

まあ一縷《いちる》の望みにかけるとか、藁《わら》にもすがるということに近いと訳知り顔でいった。

駿平は眼をぱちくりさせた。

有力な伝手《つて》やありあまる財があるならいざ知らず、なにも持たない者たちは、有力者の屋敷へ連日足を運ぶ。ひと言でも声をかけてもらうため、夜明け前から屋敷の前に押し寄せる。無役の者たちにとっては、それが「出勤」なのだと、智次郎がいった。

駿平は嘆息した。夜も明けきらぬなら、顔の区別もお偉方にはつかないかもしれない。それを『出勤』などと称するのが物悲しい。

身分でいえば武士は一番上だ。けれど武士の中にも身分の差がある。このようなことに血眼《ちまなこ》になっているとは知らなかった。自分はやっていけるのかと不安が押し寄せる。

首を振ると、ちょうど智次郎の真後ろに座っていた少年の姿が視界に入った。

ぽっちゃりとした頰には赤みが差し、剃《そ》りあげた月代《さかやき》は清々《すがすが》しく青く輝いている――。

月代？　と駿平は眼を疑った。前髪がない。

とても元服するような歳に見えなかった。十にも満たないふうだ。それでも前を向き、背を正し、大人然とした顔つきをしている。

そういえば表に並んでいた列の間にも子どもが幾人か混ざっていた。

駿平は智次郎を肘《ひじ》で突き、後ろを見ろと目配せした。何気なく振り向き、少年の姿を確かめた智次郎は小さく「いいんだ」といった。なにが「いい」のか見当がつかない。

駿平は己の膝を回し、少年へ声をかけた。

「ずいぶんお若くいらっしゃるようですが」

少年は駿平を上目に窺《うかが》いながら、

「十七でございますが、それがなにか」

高い声でいうとすぐに視線を前に戻した。

どこが十七だ。ひとつ違いのわけがないと、駿平は口をあんぐり開けた。

舌打ちした智次郎が駿平の耳元で囁《ささや》く。

「間違いないんだよ、気にするな」

「待ってください、智さん。どう見ても子ども――」

智次郎が口許に指を立てた。

「届け出上は、だ。当主が十七であれば、死んでも養子を取って家督相続が可能だからな。お家のためだ」

赤子《あかご》でも十七歳だといい張れると智次郎は声をひそめた。

「それは……鯖《さば》を読んでいるということです、か」

智次郎は頷き、嫡子《ちゃくし》の届けを真面目に出したはいいが、万が一、病や事故で逝《い》ってしまった場合のほうが面倒になるといった。

出生届けは出さずにおいて、子が十分育ち、これなら成人しそうだと見極めがついてから丈夫届けを出し、惣領《そうりょう》息子と認めてもらう。

「武家には米寿《べいじゅ》越えの強者《つわもの》がごろごろいるが、あれとて実の歳はわからぬ」

「そういう真似をしてお咎《とが》めを受けることはないのですかね」

「ご公儀とていちいち個々の御家の事情にかかずらっていてはキリがない」

まずご定法《じょうほう》ありきで考え、嘘でも偽りでもそこに則《のっと》っていればいいのだと、智次郎は涼しい顔でうそぶいた。

「鯖を読むくらいなんということない。十七と届ければ、その者は十七なのだ」

駿平はへーっと声を出し、慌てて口を押さえた。すぐ臨戦態勢に入れるようぺたりと正座はしてはいけないとか、刀をどう置くとか、作法がやたらとやかましい割には、あちらこちらに破れ目がある。

嬰児《えいじ》を十七歳だといい張れば通用するのも武家なのだ。

「小用に行ってきます」

駿平はのそのそ立ち上がった。

三

小用を済ませた駿平は廊下を歩いていた。

さすがに大身《たいしん》の屋敷は広い。うっかり廊下を曲がりそこねたのに気づき身を返したとき、

「そこの御仁」

背に野太い声が飛んできた。

「私、ですか」

「そうだ。そこもとしかおらぬ」

口許に軽く笑みを浮かべ、無精髭《ぶしょうひげ》を撫でている四十がらみの男が立っていた。

肩衣も袴もよれよれで、古着屋でも買取を拒《こば》みそうなほどうすっぺらな小袖《こそで》を着ている。月代も伸び、鬢《びん》付《つ》け油の艶《つや》などとうに失われた白髪《しらが》混じりの髪。尾羽《おは》打ち枯らしたという言葉はこういう男のためにあるのだろうと、駿平は妙に納得しなが

ら、いった。
「私になにかご用でしょうか」
男はいきなり、「黒田半兵衛《くろだはんべえ》」と名乗り、
「いまが戦乱の世であれば立身しそうな姓名であろう。だが生憎《あいにく》、泰平の世では
な」
いつもの決まり文句であるのか、ひとり仰《の》け反《ぞ》って笑った。たしかに名高い軍師
の名を取ったりやったりした姓名だ。
駿平も付き合いで軽く微笑んでみたが、黒田はそんな様子など微塵《みじん》も意に介さな
かった。
「ところでお主、あまり見ない顔だが、片桐さまとの逢対は初めてか」
「はい、野依駿平と申します。家督を相続したばかりでまだ勝手がわからず」
素直に応じた。
ほほうと黒田が幾度も首肯《しゅこう》する。
やはり厠から戻った者が数人、駿平の横を通り過ぎるたび、ちらちら顔を窺《うかが》いな
がら去っていく。ある者は侮《あなど》るように口角を上げ、ある者は気の毒そうに首を振っ
た。中には、見ない振りをしてそそくさとすり抜けていく者さえいた。

嫌な予感がよぎる。この男に捕まってはいけないのかもしれない。町場に暮らしていてもこの手の輩《やから》はいる。人が良さそうな顔をして金を巻き上げる、あるいは脅《おど》し取るというヤツだ。そうそうに立ち去るべきだと、

「友人が待っておりますゆえ」

駿平が踵《きびす》を巡らしたときだ。

「あいや待たれい」

黒田の口から大仰な言葉が飛んだ。

「お主、お役を求めにきたのであろう。だめだだめだ。こんなことはただの慣習にすぎぬぞ」

こうして小普請の者たちの雇用も考えておるのだとお上はいいたいだけだ。小普請金が常に懐に入るほうがお上としてはありがたい、塵《ちり》とて山になるからなと、黒田は力説した。

こんな逢対ではいつまで経《た》っても心願など叶うものか。それがしがいい見本だと、唾《つば》まで飛ばす。だがなと、黒田は不敵な笑みを浮かべた。

「それがしの指南を受けてみる気はないか」

面食らった。たったいま己をうまくいかなかった見本といった舌の根の乾かぬう

ちに指南とはなんぞやと首を傾《かし》げた。

「それがし、家督を継ぎし十七のころより二十三年逢対に通い、その間に替わった支配、支配組頭は両手の指でも足りぬほど」

こんどは朗々と語り始めた。

「そう、逢対とはいかに相手の心に深く印象付けるかが勝負の分かれ目」

「剣術ではあるまいにそのような」

駿平がいうと、黒田がむっと厚い唇を曲げた。

「なにをいう。空いたお役が出れば、さて誰がよいかと支配さまらは考える。そのときに顔が浮かび上がらなければおしまいだ」

お役を得たい者は大勢いる。そうした者たちと渡り合い、勝ち取らねばならない。

「二番槍ではいかん、一番槍でなければ手柄にならぬ。常在戦場の心で臨まねば」

ふんと鼻から息を抜いて黒田は腕を組んだ。

少々大袈裟《おおげさ》だがいっていることは一理ある。ちらと心が揺れた。

「どれ、身上書や親類書はあるか」

黒田の押しの強さに負けてうっかり出したのが運の尽きだ。野依の親戚縁者、先祖の由緒書きにまであれやこれやいい出した。

「ふむ。譜代の御家人で、ほう五代が徒目付組頭か……それが続かなかったということは、六代目がなにやらしくじりを犯したか」

さらに身上書にも眼を通し、

「そこもとは養子で十八か」

一瞬、駿平を窺い複雑な顔をした。

「なに算術が得意で、手跡もなぁ……学問もそれなりに修めておるのか。武芸は……」

欲をいうならば師範で名の通った人物を記したほうがいいといった。多少金を使えば容易《たやす》く名を貸してくれるという。

「それではズルになりませんか」

「構うものか。貴殿に自信があるなら、そのくらい補えるわ」

黒田は鷹揚《おうよう》に首肯した。

だいたい今時の武士の武芸など嗜《たしな》みのひとつでしかない、と黒田が苦々しい顔をした。

「やあ、それがし、貴殿が気に入った。もし興味があるなら、中坂《なかざか》通りの『とと屋』という店に来い。色々伝授してしんぜよう」

　黒田はきりっと眉を引き締め、身をゆっくり返し、歩を進めたが、角を曲がるやいなや駆け出すような足音がした。厠の方角だ。

　公称十七歳やら御番入り指南やらいろいろいるものだと、駿平はぐったり疲れて座敷に戻り、智次郎の横に腰を下ろした。

「どうした。ずいぶん長かったな。緊張で腹でも下したか」

　智次郎が声をひそめて聞いてきた。

「いえ。廊下で立ち話をしていたものですから。黒田半兵衛という方に呼び止められて」

「黒田半兵衛？　冗談か」

「なんでも御番入り指南をしているらしいですよ」

　駿平はざっと話をした。

「ますますふざけた男だな」

　智次郎の大声に、周囲の眼が一斉に向けられた。前に座していた中年の武家が振り向き、あからさまに厳しい視線を注いできた。さらに智次郎の後ろにいた公称十七歳が、

「声が高すぎます。私語は慎《つつし》んでください」

落ち着き払った口調でいった。十にも満たない子に咎められ、智次郎は舌打ちして、生意気なガキだと呟《つぶや》いた。

「ガキではございません。それはむしろ場をわきまえないあなたさまのほうでございましょう」

「なんだとぉ」

「智さん」

慌てて智次郎の袖を引いたが遅かった。子どもの頃から喧嘩っ早い智次郎が顔に血を上らせて、腰を浮かせ振り向いた。

「これ。逢対の前につまみ出されまするぞ」

駿平の横に座る老齢の武家が前を向いたまま静かにいった。

智次郎は公称十七歳と睨《にら》み合いながらも口だけは閉じた。

駿平はちらと隣を窺う。髷《まげ》はほとんど白く、眼下のたるみや皺《しわ》からいって還暦《かんれき》間近だろう。とうに隠居しても差し支えない年齢にもかかわらず、こうして逢対に通って来るということは、いまからでもお役を得たいと願っているのだ。

まことに数十年、小普請入りのままになる可能性があるという生きた証《あかし》だ。

想像していた以上にやっかいで難儀だと、心の内で呻《うめ》いた。

軽い気持ちで武家の世界に飛び込んだのは間違いだったかと思っても最早、詮無《せんな》いことだ。

駿平の脳裏に養父の孫右衛門や養母の吉江、そしてもよの顔が浮かんできた。

いまさら後にはひけぬからなぁ……眼前に前途多難の文字がゆらゆら揺れた。

四

片桐との逢対はあっさり終わった。

背に汗を滲《にじ》ませながら、姓名と徒勤めの希望を述べたが、「周旋《しゅうせん》尽力する」と重々しい口調で返されて、仕舞いだった。

平伏したままだったので片桐の顔も見られなかった。

一刻半（約三時間）も費やして、これだけだ。

これではいくらお役に空きが出ても、逢対に赴《おもむ》いても、付届けをしても、心願など叶うはずがない。逆立ちしたって無理だ。駿平は妙な敗北感に打ちのめされそうになりながら、ひと言もなく片桐の屋敷を出た。

門を潜《くぐ》った途端、どっと疲れが出た。肩衣を外し、政吉に手渡すと盛大に深呼吸した。

「どこか飯屋に入りましょう、智さん。腹が減りました」

「手許不如意《ふにょい》だ。いつもと変わりなく」

「付き合ってもらったお礼をしますよ」

智次郎が指差した先に軒《のき》から『とと屋』という看板をぶら下げた店があった。

駿平はどこかで聞いた気がしたが、ともかく腹になにか入れねば収まらない。政吉を先に帰し、行こう行こうと智次郎の腕を取り、店の腰高障子を開けたとき、息を呑《の》んだ。

入れ込みの奥で頭から目刺しにかぶりついている黒田半兵衛の姿があった。

駿平が慌てて身を翻《ひるがえ》す。その様子を奇異に思った智次郎が駿平の行手をはばむように立ちふさがった。

「どうした、どうということもない店だぞ」

智次郎の声が聞こえたのか、黒田がふと顔を上げた。駿平を見とめ、黒田の眼が嬉しそうに弓なりに曲がる。

「やっぱり来たか。こっちだ、こっちだ」

店中に響き渡る声を出し、手招きをする。

智次郎が、眉をしかめた。

「あれか、例の軍師さまは」

駿平は頷きつつ、そういえばと、記憶をまさぐった。

片桐家の廊下で黒田と別れるとき「とと屋という店に来い」といっていたことを思い出した。

「どうした、こちらへ早く来んか。隣の御仁はご友人か。ははは、人が増えると楽しいな」

なにが楽しいものかと、駿平は調子のよい軍師を呆《あき》れつつ眺めた。

「まあ詮方《せんかた》ないな。ご教示願おうではないか」

なにに興味を引かれたのか智次郎は遠慮なく黒田に近づき、深々と頭を下げた。

「矢萩智次郎と申します。先ほどは我が友野依駿平がいろいろお教えいただき、かたじけのうございました」

「いやいやいやいやいや」

黒田がぼんの窪《くぼ》に手をあてて、まんざらでもなさそうに大声で笑った。

「ほれほれ、野依どのもこちらへこちらへ」

すでに智次郎は入れ込みに上がり、ちゃっかり座っている。駿平も渋い顔で後に続いた。

駿平が屋敷に戻ったときには六ツ（午後六時頃）近くになっていた。

孫右衛門の熱が夕刻からまた上がり出したらしく、吉江は付ききりで看病しているという。逢対の話も、初日ではしかたがありません、これからですと励《はげ》まされた。

駿平は飯碗を手にしたままため息を吐《つ》いた。

「さきほどからちっともお箸《はし》が動いておりませんが、お口に合わないのですか」

横に控えていたもよが心配そうに顔を覗《のぞ》き込んできた。

「ああ、逢対の帰りに智さん、いや矢萩どのと飯を食ってきたからかな」

「ならばそうおっしゃればよろしいのに」

もよは表情をがらりと変え、眉を吊り上げ駿平を見た。

「そんなに怖い顔をしないでくれないかな」

つんと唇を尖《とが》らせ、もよはそっぽを向いた。

「だって、お味噌汁が冷めてしまいます」

兄さまのお帰りを見計らって温めておきましたのにと俯《うつむ》き、伏し目がちに呟いた。

どきりとして、まじまじともよを見た。女子《おなご》というのは幼いうちから、このようなしなを作るものなのだろうか。駿平は汁椀を取り、ひと口啜《すす》る。

もよがにこりと笑い、口を開いた。

「今朝の初逢対はいかがでしたか、兄さま」

うーんと駿平は箸《はし》の先を舐《な》めながら考えた。

「箸先を舐《ねぶ》るのはおやめくださいませ」

ああ、すまぬと箸を戻し、

「なかなか大変だ。支配さまの顔さえ拝《おが》めず、二言三言、挨拶だけで終わってしまった」

「まだたった一度ではありませぬか。これから何度でも足をお運びになればよろしいのです」

もよは、兄さまを信じておりますゆえと、背を正していった。

養母の吉江と同じだ。女子の頭というのは歳など関係なく同じように働くらしい。

それにしても、と駿平は考えた。

黒田が明日また『とと屋』で待っているといったが、行くべきかどうか迷っていた。

結局、その場の酒代を払わされ、指南は翌日にと、去っていった。

どうしたものかなぁ……天井を仰いで呟くと、もよが不思議そうに小首を傾げた。

だが、次の逢対まで待っているだけではしょうがない。ここはひとつ乗ってみるかと、駿平は独りごちて飯をかき込んだ。

もよが、嬉しそうに両手を差し出した。腹はくちくなっていたが、駿平は飯碗をもよの手に載せた。

ひとりでは心細かったので智次郎を伴って行くと、黒田が『とと屋』で飯を食っていた。駿平と智次郎が店に入ると、では行くかと立ち上がる。飯代は此度《こたび》も駿平が払った。

「師匠だからしかたがないな」

智次郎は勝手なことをいった。

黒田は歩きながらおもむろに懐から絵図を出すと重々しくいい放った。

「まずは主な重職の方々のお屋敷を巡る」

大名小路《だいみょうこうじ》を巡りつつ、ここが老中、あちらが若年寄《わかどしより》と次々に案内された。まるで遠国から江戸詰になった藩士の気分だと、智次郎が小声でいった。

「まず我らのようなお目見以下は銭金がない。付届けするにも限界がある」

前を行く黒田がいきなり振り返り、付届けも品物に気をつけなければいかんといった。

「やはり珍味名産ということでしょうか」

智次郎が訊ねると黒田はにやりとした。

「そう思いがちだが、違う」

いくら珍しい品でも生ものは腐る。高価で珍しい品であるなら乾物《かんぶつ》だという。駿平と智次郎は互いに顔を見合わせ、感心しながら頷いた。

「重職やご大身、大名家は普段から付届けで溢れている。そのため他家へ回すことがあるのだ。そうしたときに乾物は便利だからだ」

黒田は駿平にぐいと顔を寄せていうと、踵を返し、再び歩を進める。

「まあしかし、金のない我らは逢対か対客に頼らざるを得ないが、対客もやみくもにすればいいわけではない。例えばだ」

黒田は少しもったいぶっていった。

「老中の誰それは冬場でも火鉢も出さぬ吝嗇《りんしょく》だし、それにくらべて若年寄の何々さまは茶菓子まで用意してくださる」

あるいは、大目付の何某《なにがし》さまは親身になって話を聞く、などそうした情報をまずは得ねばならぬのだと黒田は歩きながら語る。

「それには対客仲間を作ること。しかし、馴れ合いはいかん。足をすくわれる」

悪口を撒《ま》かれるからだといった。

あとは重職の屋敷の前で病の振りをして倒れる、溝にはまるなどという直接的な方策をとるのもよい。

「これらは皆、殿さまではなく、家臣や奥方、女中にまず顔を覚えさせることが目的だ。火事があれば火事見舞いを出すが、材木屋だの大工ではなく、女たちの身の回りの品を用意する」

さすれば気のつく男だということになり、奥方から推挙ということだってあると、黒田は満足げに頷いた。

駿平は次第に気分が重くなってきた。お役を得るためにここまで己を卑屈に追い込まなければならないのだろうか。

「なんだ、その面《つら》は。これはな、兵法《ひょうほう》だ」

黒田が堂々とうそぶいた。

一刻ほど歩き回り、そろそろ休むかと黒田がいった。陽射しが思いのほか強く、駿平と智次郎は首筋の汗を拭いながら頷く。常盤橋《ときわばし》御門を潜った黒田は、本町《ほんちょう》通りを少し行ったところで、するりと一軒のそば屋に入った。

小上がりに腰を下ろした黒田は天ぷらそばと酒を頼んだ。

「さて、三つの『きく』を覚えておくといい」

膳を挟み、黒田の前に駿平と智次郎は並んで座る。駿平は眉を寄せて訊ねた。

「三つのきくですか？」

黒田はゆっくり頷き、まずひとつ目の『きく』は、と大声でいった。

「よくきくだ。これは人の話を聞くことと、知らぬことはすぐに訊ねるの訊くだ。そして、あとのふたつは気がきく、機転がきく、だ」

「なるほど」

智次郎が唸って腕を組んだ。気短かな男がすっかり感心して耳を傾けている。黒田は存外、指南役として優秀なのかもしれない。それに三つの『きく』は、普段の暮らしの中でも心掛けておいていいことだ。

「まあ、お役に就くにはなによりやる気を見せることだな。好いた女子に己の心を告げるように真摯《しんし》に向かえばおのずと結果も付いてこよう」

はっはっはと黒田は豪快に笑って、出されたそばをむさぼるように流し込んだ。

「ああそうだ。以前、それがしが世話した男が徒組頭にまで立身したのだ」

明日、その祝いの席が柳橋《やなぎばし》の料理茶屋『平木《ひらき》』であると嬉しそうにいった。

さて、とそばを食い終わった黒田が急に居住まいを正し、駿平と智次郎を見つめた。

厚い唇が天ぷらの油のせいで照り輝いている。

「今日はごくろうだった。そこで貴殿らにはさらに御番入りを確かなものとするため、特別にお分けしたいものがある」

おお、と智次郎が身を乗り出した。黒田はおもむろに、懐から二冊の綴《と》じ本を出した。

表には『御番入り指南 改《あらため》』とある。

駿平は眉をひそめた。なんの捻りもない外題だ。わかり易すぎるほどわかり易い。

「これはそれがしが二十数年の御番入り事情をまとめたものだ。改とあるのはいま

PHP文芸文庫

PHPの
「小説・エッセイ」
月刊文庫

文蔵

年10回（月中旬）発売

ウェブサイト
https://www.php.co.jp/bunzo/

PHP文芸文庫

人間を味わう
人生を考える。

の重職の方々の評判に書き直しているからだ」

黒田は人差し指を立てた。智次郎が口を開いた。

「それを一分で買えということですか？」

「一分だと？」

黒田が腰を浮かせ、卒倒しそうな顔をして光る唇を震わせた。

「これはそれがしが長年の経験を踏まえ、全身全霊をかけ記したものだ。一両でも安いと思うておる」

「一両だ？　そんなべらぼうな値があるか。やはり胡散臭《うさんくさ》いと思っていたが」

短気な智次郎が声を荒らげ立ち上がる。黒田と智次郎が睨み合った。そば屋の親《おや》爺《じ》がおろおろし、客はどんぶりを手にして、智次郎と黒田を見つめていた。

「落ち着いてください」

駿平はふたりを分けるように腕を伸ばした。

ふんと、黒田が鼻を鳴らす。

「親切でいっておるのがわからんのならそれもよかろう。勝手にするがいい」

黒田は不機嫌に唇をへの字に曲げ、小上がりを下りると、店を出ていった。

「ええと、智さん、そば代は……」

駿平がおずおずいうや、知らぬと智次郎はそっぽを向いた。ため息を吐き、駿平は三人分の支払いを済ませた。そば屋の親爺が、気の毒そうに銭を受け取った。

五

翌日、養父の孫右衛門の熱も下がり、駿平は寝間で今後の逢対について話をした。

孫右衛門は黒田半兵衛の名は知らなかったが、御番入り指南役だといって近づいて来る男がいるという噂は知っていた。

「気をつけるに越したことはないが、その男の申すことはいちいち腑《ふ》に落ちる」

文武両道というが、実戦のための武などではなく、武士として修めるべきものに変わり、いまはむしろ文のほうに傾いてきた。腕っ節があるから、腕に覚えがあるからといってふんぞり返っていても登用される時代ではない。むしろ、情報を集め、細かに気を配り、うまく立ち回ることが肝要だろうと、眼の下に黒々としたくまを浮かせた孫右衛門が、深く息を吐く。

「たしかにそう思いましたが……」

「商家育ちでは、まだまだ戸惑うこともあろうが、おまえはともかく丈夫でおればよい。そうだ。今年の茄子《なす》の出来はどうかな」

「ええ、花もたくさん咲いておりました」

「実りが楽しみだな」

　武家でも下級の家の庭はほとんど畑で、果実のなる樹木や薬草が必ず植えられていた。

　客間と養父母の座敷からはそれなりに丹精された庭が見える。ただ、植えられているのは、ほとんどが病弱な孫右衛門のための薬草だ。駿平に与えられたのは屋敷の端にある六畳間だが、掃き出しを開けると、葉を茂らす無花果《いちじく》と柿の樹木が見えた。これらも、葉や実が、咳止めと痔瘻の薬になる。

　昨年の初夏のことだ。もよがたすきをかけ、木槿《むくげ》の花を大事そうに摘《つ》んでいた。木槿は、一日花なので飾るには適さない。しかも、ざるに山盛りだ。吉江との剣術稽古の後で、疲れきった駿平が広縁にだらしなく寝転がりながら眺めていると、くるりと振り向いたもよが眉間に皺を寄せ、地面に敷いた筵《むしろ》を指差した。

「兄さま、お暇でしたら、摘んだ花をあちらへ並べてくださいませ」

だらけた様子の駿平を見かねたのだろう、思いの外厳しい物言いに急ぎ身を起こした。武家の女子は子どもでもちょっと怖い。身体に針金でも通したように、ぴんとしている。

命じられるまませっせと並べつつ、何に使うのか、訊ねた。もよは、いまさらという表情をした。

「干した花は胃の腑のお薬ですよ。薬種屋《やくしゅや》へ売ったり、ご近所の方々と別の物と交換したりするのです。このあたりのお屋敷では当たり前のことですが、町場ではならないのですか」

ああそうか、と駿平は得心した。孫右衛門のためだけではなく、こうした薬草類や樹木の実や葉が生計の足しになっているのだ。実家でも切り傷や打ち身などは庭の草木を使っていたが、まさか薬種屋に売って銭を得るなどということは考えもしなかった。

よく薬種屋の手代《てだい》がここを訪れていたのは、孫右衛門の薬を持ってくるだけでなく、薬草を買い上げていたのだ。

「野依家の草木は、よい薬になると、とても評判です。上手に育てれば草木は応えてくれるのです。兄さまも、きっと立派なお武家になれます」

木槿の花を並べながら、おいおい、おれは草木かと苦笑した。

「あの、失礼いたします」

政吉の声に、駿平は我に返り首を回した。

「旦那さまに、文が届きやしたよ」

政吉が駿平宛の文を二通差し出した。

駿平は孫右衛門の許を離れると、自室の縁側に座ってから文を開いた。一通は実母からでやはり小遣いが二分入っていた。もう一通は黒田半兵衛からだ。

開いた瞬間、眼を見開いた。

「大名小路案内他指南代金一両……」

昨日のことかと、駿平が呆気《あつけ》に取られていると、

「駿平いるか。駿平！」

智次郎が血相を変えてやってきた。眼が吊り上がっている。黒田の文を手にして縁側に出た駿平の眼前にかざした。

「おまえの処《ところ》にも届いたか。一両だと。ふざけた真似をしおってあのペテン軍師が！」

智次郎は文を丸め、地面に投げ棄てた。

「他の者に聞いたのだ。逢対では名物男らしい。若い者に眼をつけ、指南をするといっては銭金を要求し、いらぬと断れば泣き出すという、しょうもない奴だそうだ」

南割下水《みなみわりげすい》に屋敷があるそうだ、乗り込むぞと、智次郎が怒鳴《どな》った。

駿平は黒田の言葉を思い出した。

「たしか今日は、柳橋の――」

いい終わらぬうちに、智次郎はすでに身を返していた。

駿平と智次郎は『平木』へと向かった。智次郎は憤怒《ふんぬ》の形相《ぎょうそう》で、頭から湯気が立ち上っているのが見えるようだ。

『平木』は両国橋《りょうごくばし》にほど近い、大川《おおかわ》沿いにある料理茶屋だった。かなり立派な店構えに、駿平が躊躇《ちゅうちょ》していると智次郎はさっさと門を潜り、大声で仲居を呼んだ。

「本日、徒組頭ご就任の宴《うたげ》があると聞いたのだが、座敷はどこだ」

智次郎の剣幕に仲居は少し怯《おび》えつつ、「こちらでございます」と案内に立った。

太鼓と三味線の音に混じって、嬌声《きょうせい》が次第に大きくなってくる。

「これこれ、軍師さまが下帯一枚になられたぞ。兵法も役には立たぬの」

「芸者のほうが上手だぞ」

「黒田さん、次は勝ってくださいよ。汚いふぐりなど見とうはありませぬゆえ」

若い男の声のあとにどっと哄笑《こうしょう》が沸く。

「なんだ、なにをしているのだ」

智次郎が戸惑いつつ、駿平の顔を見た。

「わかりませんが……たぶん」

いま流行《はや》りの虫拳《むしけん》かとあたりをつけた。

指で蛇《へび》、蛙《かえる》、なめくじの三竦《さんすく》みを表して勝ち負けを決める。おそらく負けた者が衣装を脱いでいくのだろう。

智次郎は指を舐め、障子《しょうじ》に穴を開けた。

「智さん、見つかったらまずい」

「馬鹿騒ぎしているのだ。気づくものか」

智次郎はそういって穴から座敷を覗き込んだ瞬間、顔色を変えた。

「どうかしましたか、智さん」

智次郎はひと言もなく障子から眼を離し、首を振った。駿平も小さな穴に顔を寄せる。

ああと、思わず息が洩れた。

黒田と芸者と幇間《ほうかん》の三人がやはり虫拳に興じている。幇間も芸者もまだ帯を解いただけにすぎないが、黒田だけは下帯一枚だ。

酒をかなり呑まされたのか、身体中が真っ赤だ。視線を移すと、小太りの初老の武家、馬面をした中年の武家が座って酒を呑みつつ、腹を抱えて大笑いしている。

わあと声が響き、黒田が引っくり返った。

「また黒田さんの負けだ。じゃあ酒だ酒だ」

若い男が立ち上がり、黒田を叩き起こしながら盃《さかずき》を突き出した。

「もう呑めぬ、もう呑めぬ。徒組頭さま、どうかご勘弁くだされ」

黒田が膝を揃えて畳に額をこすりつけると、どっと笑いが弾《はじ》けた。

「情けない軍師さまよ」

駿平は知らぬうちに拳を握りしめ、顔をそむけた。

「小太りが徒頭だろうな。もうひとりの馬面が先役の徒組頭ってところか。若いヤツが黒田の知り合いだろう」

智次郎は唇を歪め、深く息を吐くと、

「行こう。怒る気も失せた」

踵を返した。駿平も後に続く。

案内をした仲居がすれ違いざま、お帰りですかと声をかけてきた。

「我らの勘違いだ。知らぬ方々の座敷だった」

智次郎が吐き捨て、乱暴に廊下を歩いた。

下手《へた》くそな謡《うたい》が聞こえてきた。黒田のだみ声だ。

「やめろやめろ、酒が不味《まず》くなるわ」

「食い物が腐るぞ」

遠慮ない罵声《ばせい》が飛ぶ。

駿平は唇を嚙み締めた。

「惨《みじ》めだな。惨めすぎるよ」

智次郎はなにかを堪《こら》えるようにいった。

「だが、あの若い徒組頭、少しは黒田に世話になったのだろう……どうだあの扱い」

「智さん」

「あれが武士か？　おれはいま恥ずかしくてならん。駿平、おまえはどうだ。あれを見て武士を軽蔑したろう」

駿平は黙ったまま俯いた。

「どうだ？　おまえはなにを求めて武家の養子に入ったのだ」

「求めたというのとは違うかもしれないですが――」

いいかけたとき、後方からけたたましい足音がして、いきなり身を突かれ転がされた。

尻餅《しりもち》をついた駿平が顔を上げると、座敷にいた若い徒組頭だった。

酒に濁《にご》った眼を駿平に向け、鼻を鳴らした。

「おい、人を突き飛ばした挨拶がそれかっ！」

智次郎が眉をひそめ鋭い声を上げた。

「廊下をふさいで歩くほうが悪い」

「人を卑《いや》しめ、笑い物にするのが武士か。いやそれ以前だ」

「なんだと？　貴様、名を名乗れ」

「智さん、やめてください。私がぼやっと――」

いい終わらぬうちに、智次郎の拳が若い徒組頭の顔に飛んだ。

ぐえっと妙な声を出して徒組頭が上体を仰け反らせ、そのまま倒れこんだ。

「と、智さん！」

駿平は白目を剥《む》いて仰臥《ぎょうが》する徒組頭と智次郎の顔を交互に見る。

「ああ、清々《せいせい》した」

智次郎が顔をしかめ殴《なぐ》りつけた右手をひらひらさせると、興奮気味に鼻から息を抜いた。

「逃げるぞ、駿平」

そこへ黒田が姿を現した。あっという顔をしてふたりを見ると、その足下で伸びている徒組頭を見とめた。

おおお、と黒田が目の玉をひん剝いて駆け寄ってきた。

「大声がしたので何事かと思って来たが、なにがあったのだ。いや一目瞭然《いちもくりょうぜん》か」

すっかり気を失っている徒組頭を哀しげに見下ろし、首を振った。

「あとは、それがしにまかせておけ。さあ、早《はよ》う行け」

「黒田さん。なぜ」

「はは、あの障子穴か、参ったなぁ。ま、いいから行け。眼を覚ましたら面倒ゆえ」

行くぞと、智次郎は黒田に一礼すると駿平の腕を無理やり引いた。

駿平は両国橋の袂《たもと》で黒田が来るのを待っていた。夜も更け、人通りも少なくなっていた。

酔いに任せた職人たちが千鳥足で両国橋を渡っていく。

眼前に広がる両国広小路は、昼間は床店《とこみせ》が並び、人々で賑わうが、陽《ひ》が落ちると同時に喧騒《けんそう》は止み、闇が広がるばかりになる。

智次郎は黒田などほうっておけばいいと先に帰ってしまった。

「なにが御番入り指南だ。あのような卑屈な真似も厭《いと》わない者だから二十数年お役に就けなかったのだ」

当然だろうと、いい捨てた。

果たしてそうだろうか。駿平はどこか腑に落ちなかった。あの馬鹿騒ぎの中、黒田は障子の小さな穴に気づいた。まことに酒に酔い、我を忘れていたとは思えなかったのだ。

半刻もしないうちに黒田がやってきた。腰に手をあて、足を引きずっている。

まさかあの後、徒組頭に……。

黒田が腹いせに痛めつけられている光景が頭をよぎり、駿平は駆け寄った。

駿平に気づき、いささか驚いたようすで黒田が立ち止まる。

「野依どの。まだおったのか」

「すみません。どうしても伺いたいことがございまして……あの、どこか痛むのですか」

ああ、と黒田が無精髭の残る顔を歪めた。

「いやあ参ったわ。芸者に馬乗りされてなぁ」

見た目と違ってあの女子、かなり目方がありそうだと、にやついた。

馬乗り？　駿平は耳を疑った。

「偽らなくて結構です。徒組頭に智さんのことが知れたのではないですか、それで」

黒田が眼をしばたたいた。

「違う違う。泥酔しておって己で転んだのだろうといって聞かせたら、見事に信じおった」

黒田は顔をしかめ腰をさする。駿平は、黒田の腕を取り、自分の肩へまわした。

「おお、楽だ楽だ」

「お屋敷までお送りします」

黒田が身を駿平に預けてきた。かなり重い。

「矢萩どのについてはまことだ。心配せずともよいからな」

「はい」

重みに耐え、やっと駿平は声を出した。両国橋の中ほどまで来たときには汗が噴き出し始めた。橋を渡り終えるまでは無言で歩いた。

と、黒田がゆっくり口を開いた。

「お主、元は町人だったな」

「実家は瀬戸物屋です」

「そうか……。迷いはせなんだか」

駿平は軽く微笑んだ。

「正直、いまになって、しまったと思いました。私は五男坊でしたからね。先行きなどたかが知れていると思ったわけです」

それならばいっそ、まったく違った処で自分を試したいという思いもどこかにあったといった。

「ほほう、己を試してみたいか」

「それほど恰好のいいものじゃありませんが。理由などあとからつけたようなものです」

駿平は自嘲《じちょう》気味にいった。

「それは武家とて同じよ。禄を食《は》むというてもそれがしのように三十俵では日々の暮らしとてままならん」

身分、家格、家禄……すべてが眼前に立ちはだかる。学問武芸が優秀であれば、のし上がることができるとしても、ほんのひと握りだと、黒田はため息を吐いた。

「大名や大身旗本の殿さまなんぞ、西洋の知識を得るための会など開き、蘭癖《らんぺき》などといわれておる。詩歌《しいか》にはまり、狂歌を詠《よ》み、戯作者《げさくしゃ》の真似事をし、画を描き、文人学者と交誼《こうぎ》を重ね、どこそこの料理でないと口にあわぬだの、いいたい放題。なんのための二本差しかと、ときどき情けなくなる」

それだけ平らな世だということだ。武士が文より武を重んじるときは、世が不安定だ。ならばいまのままでいいと思うが、それはやはり自分が町人だからだろうか。

「町人には、分をわきまえ、分を下らずという考え方があるのではないか」

「ああ、そうですねぇ。身の丈《たけ》に合う暮らしをしろってことです」

人にはそれぞれ器がある。なみなみ注ぎ入れればこぼれるが、足りなければ、それはそれで苛立《いらだ》つ。

「己を知るということでしょうが、それでいいのか、とも思います」

ん？　と黒田が駿平を窺う。

「それじゃあ五男坊は五男坊で生きろってことでしょう。百五十俵は百五十俵で生きろと。それではつまらぬと思うのですよ」

「それで己を試したいと、な。お主も知っておろうが」

勘定吟味役《かんじょうぎんみやく》、佐渡《さど》奉行、勘定奉行などを務め、町奉行となった根岸肥前守鎮衛《ねぎしひぜんのかみやすもり》は、小身の旗本出身とされているが、まことの出自は町人だという噂がある。

「そこまで高望みはしませんけどね。なにが出来るか、いまもさっぱりわかりません」

駿平は夜空を見上げた。雲ひとつない空に星がまたたいている。

「……黒田さんは、なぜあのような真似をなさっているのですか」

駿平は黒田の重みに耐えかねて、少し荒い息を吐きながら訊ねた。

「ははは、金だ。幇間の真似をして銭を得ているのだ」

黒田はこともなげにいい、懐のあたりを二度叩いた。駿平はすぐ横にある黒田の顔へ疑いの眼を向けた。

「信じぬか。あれがそれがしの指南の仕上げだ」

「仕上げ、ですか？」

「ああそうとも。上司を喜ばせてやるのだ」

人はできれば優位に立ちたい。見下すことがなにより好きな輩がいる。己よりも下であればなにをしても怒らぬし、相手が惨めであればあるほど嬉しくてたまらぬ、と黒田は言葉を継ぐ。

「そこをくすぐって、いい気にさせてやるのだよ。徒組頭の若いヤツのためにやってやったことだ。これがそれがしの仕事だからな」

駿平は呆気に取られて黒田を見つめた。

「小普請支配も組頭もここまでしてはくれんと自負しておるがな」

黒田の顔を見ているうちに可笑《おか》しさが込み上げてきて、ついには大笑いした。

「そんなに可笑しいか？」

黒田は訝《いぶか》しげに駿平を見たが、つられて破顔する。

通りすがりの番太郎が刻を報《しら》せる拍子木《ひょうしぎ》を打つことも忘れ、気味悪く駿平と黒田を眺めていった。

南割下水は微禄の御家人の屋敷が並んでいる。同じような板塀と粗末な門。屋敷の区別さえつかない。陽気のせいか掘割の水がぷんとすえたような臭いを放っていた。

「黒田さん、どこですかお屋敷は」

うむと唸った黒田は大きなげっぷを洩らした。酒臭い息が駿平の鼻腔《びこう》を突く。

「次の次、二軒目だ」

黒田の指した屋敷は暗く沈んでいた。塀はところどころ腐り、門扉は傾いていた。廃屋《はいおく》にも見えるのは、まったく人気がないせいだ。

黒田がふと笑った。

「妻と子に逃げられた。もう十五年だ」

風の噂でどこかに後妻に入ったらしいと聞いた。息子も無事に育っていれば、十八だという。駿平の身上書を見たとき、黒田が複雑な顔をしたのはそのせいだったのだ。

「息子がな、御番入りしておればいいが、していなければ逢対で会うやも知れぬと、馬鹿な望みも抱いている」

名乗れるはずもなし、顔すら覚えていないと、黒田は寂しげにいった。

「若い者には望みを叶えて欲しい。それはまことだ。そのためにはどのような踏み台になっても構わぬと、な。しかし、それがしも生きねばならん。金は必要だ」

黒田はここでいいと駿平の肩から腕をはずし、傾《かし》いだ扉を開け、屋敷に入っていった。

「それは後悔ですか、償《つぐな》いですか」

　黒田の返事はなかった。

　帰り道、竪川《たてかわ》沿いを歩きながら、駿平は母を思い出していた。こっそり野依家に金を送ってくれるのは、末の息子が武家の養子に入ったのを不憫《ふびん》に感じているのだろう。

　それに甘え、当然だと考えていた自分が少しばかり気恥ずかしく思えてきた。

　これまでなにひとつ自分で力を尽くしてこなかった。

　ちょっとはここで頑張ってみるか。懸命になることも恰好悪いことじゃない。駿平は両腕を夜空に向けて差し上げ伸びをした。

　駿平は智次郎へ昨夜の顚末《てんまつ》を告げた。不忍池《しのばずのいけ》を望む茶屋の腰掛けに座り、

「そうか、指南の仕上げとは驚いたな」

　智次郎はそういって駿平の分の団子に手を伸ばしつつ、華やかな衣装で歩く娘たちの姿を忙しく眼で追っている。

「だとしても銭金をそうして得ているのは解せぬ。やはり似非《えせ》軍師には変わりない」

「まあ、そうかもしれませんね」

駿平は深々と息を吸う。

陽射しは強いが、風は爽《さわ》やかだ。

鮮やかな緑の蓮《はす》の葉に埋めつくされた水面《みなも》の間には水鳥がのんきに浮かんでいる。

「そうだ。おまえは覚えているかな。手跡指南所で一緒だった友坂雄也《ともさかゆうや》がな……」

「友坂……ああ、色白のぱっと見、女子のような方でしたね。智さん、いつも手習いを代わりにやらせていましたよね」

昔のことだと、智次郎は唇を曲げた。

「その友坂が養子に入った。しかも同朋衆《どうぼうしゅう》を務める家だ」

同朋衆……江戸城にいる法体《ほったい》の者たちだ。登城している幕閣の面々や大名などに茶などを運び、話し相手になり、相談にも乗る。老中や若年寄など重職近くに侍《はべ》るお役でもあるため、そこらの大名より力を持っているともいわれていた。

「じゃあいまは……」

駿平は頭をつるりと撫で上げた。

「まさに。つるつるの坊主頭だよ」

「へー、そいつは驚いた」

「近々会おうとなったんだが、おまえもどうだ一緒に。久しぶりだろう」

「同朋衆ですか、面白そうですね」

「ところで団子はおまえの奢《おご》りか？」

「今日から折半《せっぱん》にしてください。野依家は貧乏御家人ですから」

ちぇっ、なんだよと智次郎が文句を垂れた。

その日、駿平は実の母に文をしたためた。

送金を止めてほしいということ、野依家の当主として懸命に努めていくつもりであり、武士として、なにより男子として、

「立身いたしたく候」

最後にそう綴《つづ》って筆を置いた。

最後の団子《だんご》

佐藤 雫

霧雨《きりさめ》は、優しくて、少し寂《さみ》しい。

淡《あわ》く白い紗《しゃ》がかかったような庭を眺《なが》めて、綾《あや》は、そう思った。こうして縁側に座っていると、いつしか綾の袖先《そでさき》もほんのり濡《ぬ》れていた。

昨日からの熱は、まだ微《かす》かに残っている。けれど、寝床で横になるほどの気怠《けだる》さは、もうない。

昼九《ひるここの》つを告げる、時の鐘が聞こえた。

ここから一番近いのは、日本橋《にほんばし》の鐘だろうか、それとも市谷八幡宮《いちがやはちまんぐう》の鐘か。その二つの間に位置する駿河台《するがだい》は、徳川《とくがわ》将軍の直参《じきさん》である旗本《はたもと》たちが住まう屋敷が集まっている。

武家屋敷が連《つら》なる駿河台は、早朝には、魚や青菜、豆腐《とうふ》などを売り歩く棒手振《ぼてふ》りの声が聞こえ、登城の刻《とき》となれば、江戸城に出仕《しゅっし》する旗本たちが騎馬の蹄《ひづめ》の音を響かせる。だが、町屋《まちや》や商家もないがゆえに、昼日中の今は、人通りはほとんどない。

家禄《かろく》四千石《ごく》の旗本、水野《みずの》家の屋敷も、鐘が鳴りやんだ後は、再びの静寂《せいじゃく》に包まれた。そろそろ、中間《ちゅうげん》の茂七《もしち》が、昼餉《ひるげ》の膳を持って、綾の部屋にくる頃だ。

(いつもなら昼餉の後は、薙刀《なぎなた》のお稽古《けいこ》だけれど、今日はお休み)

そう思ったら、微熱《びねつ》を帯びた身体《からだ》が、ふわりと軽くなる心地《ここち》がした。

手習いもお稽古も、何もかもがお休み。今日はこうして、ぼんやりと庭を眺めているけれど、本当なら先生に褒《ほ》められたり怒られたりしているはずなのに。熱を出した日だけに訪れる、この時の流れが、綾は嫌いではない。

「だけど……」

小さく呟《つぶや》いて、ため息をつく。

風邪《かぜ》が治る頃には、桜は散ってしまうだろう。昨日、お花見に行くはずだったのに。

毎年、桜が咲いたら、父と母と三人で、上野《うえの》へお花見に行っていた。

四千石の大身《たいしん》旗本の娘ともなると、屋敷の外へ出かける機会は、琴《こと》や薙刀の稽古に通う時以外は、めったにない。それは、十二歳の綾にとって、少しも楽しい外出ではなかった。

だから、お花見の時は、特別に楽しかった。それに何より、父の菖三郎《しょうさぶろう》と一緒に出かけることができるのが、綾は、嬉《うれ》しくて仕方がなかった。

父、水野菖三郎のお役目は、書院番頭《しょいんばんがしら》。江戸城の警固《けいご》や将軍の護衛《ごえい》を担《にな》う書院番士たちの頭である重職だ。将軍の直参、旗本として誇れるお役目もさることながら、菖三郎のすらりとした背丈や涼《すず》やかな目鼻立ち、颯爽《さっそう》とした騎馬姿で供侍《ともざむらい》を引き連れて登城していく様《さま》は、いつ見ても格好《かっこう》いいと思う。「殿様《とのさま》は、今宵《こよい》は泊《と》まり番にございます」と茂七が告げる日は、御城に詰めたまま帰ってこない。夕餉《ゆうげ》をともにできず、綾は、寂しくて、しょんぼりしてしまう。そのくらい菖三郎は、綾にとって、大好きな父だ。

菖三郎と妻の蓉《よう》との間には、綾の他に、子はいない。

武家、それも、家格の高い旗本ともなれば、跡継ぎの男子は必須《ひっす》。駿河台に屋敷を構える旗本は、遠い昔、徳川家康《いえやす》公の亡き後に駿府《すんぷ》から江戸入りした名門ばかりと聞く。水野家も、家康が松平《まつだいら》姓だった頃から続く家門だ。

菖三郎は、一千石の旗本渡辺《わたなべ》家から、この水野家に婿《むこ》入りした。一千石の家の三男坊が、四千石の上級旗本に破格の婿入りができたのも、その人柄に水野家の義父母、つまり蓉の両親が惚《ほ》れ込んだからだ、と屋敷の者たちは言っている。

男子が生まれずに思い悩む蓉にも、菖三郎は優しかった。

「綾が大きくなったら、婿を取ればいい」と大らかに言っている。そう言えるのは、菖三郎自身が、水野家に婿入りした身、というのもあるのだろうが、何より蓉の身体を大事に思っているからだろう。

蓉は華奢《きやしや》で、あまり丈夫な方ではない。綾を懐妊《かいにん》した時も悪阻《つわり》が酷《ひど》くて、水も飲めぬこともあったという。やっとの思いで産んだ子が女の子であっても、菖三郎は落胆を見せることなく、妾《めかけ》を持つこともなかった。

蓉をただ一人の妻として大切にして、綾のことも、かけがえのない一人娘として可愛《かわい》がっている。その優しさに、偽《いつわ》りはないのだろう。

だけど、綾は、父の姿を見ていると、ふと、せつなくなる瞬間がある。

菖三郎の微笑《ほほえ》みは、これ以上ないほどの優しいまなざしなのに。

（どうしてそんなに寂しそうに笑うの？）

幼心《おさなごころ》に、そう思うことが、今まで、幾度《いくど》もあった。

そんなことを思いながら、微熱を帯びて潤《うる》んだ目を瞬《しばたた》く。

そこへ「綾様、お加減はいかがにございますか」と、茂七の声がした。見やると、廊《ろう》の先に、白髪《しらが》交じりの髷《まげ》姿がいた。昼餉の膳を捧《ささ》げ持っている。

茂七は一礼すると、綾の傍《かたわ》らまで進んだ。

綾は、差し出された膳に目をやって「まあ」と驚きの声を出した。お粥《かゆ》を入れた碗の隣に、串団子《くしだんご》を載せた小皿が置いてあったのだ。

「殿様が、綾様のために、お団子を用意してくださいました」

「父上が？」

団子は綾の大好物だ。毎年の花見の時には、小桜模様の蒔絵《まきえ》の重箱に入れて持っていく。今年は花見に行けないのを不憫《ふびん》に思ったのか、せめて団子だけでも、という菖三郎なりの思いやりだろう。

小皿の上には、なめらかな漉《こ》し餡《あん》がたっぷりついた餡団子が二本並んでいる。

「嬉しい！」

綾は、素直に喜んだ。

「綾様は、お団子が好きですな」

まるで孫を見るような目で、綾を見る。茂七は、菖三郎が婿入りする前、つまり渡辺家の三男坊だった頃から仕《つか》えているという。菖三郎とともに水野家に入ったが、老齢になった今では、菖三郎の登城に付き従うことはほとんどなく、綾の守役《もりやく》として奥向きの雑用をしていることの方が多い。

綾は、団子を手に取ろうとして、ふと、言った。

「父上は、こんなに美味《おい》しいものを、どうして召し上がらないのかしら」

菖三郎は、団子を食べないのだ。

花見の席で、妻の蓉と娘の綾が、美味しそうに団子を食べる姿を、笑《え》みを浮かべて見ているだけで、どういうわけか、一緒に食べない。「父上もご一緒に」と綾がどんなに勧《すす》めても、菖三郎は「いや、私はいいのだ」と、団子に手を伸ばしたことは一度もなかった。

今までは、父は団子が好きではないのだろう、と思っていた。だが、今年は花見が見合わせとなったのに、わざわざこうして作らせた。

綾は、ほのかな違和感を覚えた。

熱を出した娘への思いやり、と言ってしまえばそれまでなのだが、どうして菖三郎は団子を食べないのだろう。

甘いものが苦手《にがて》だ、というのならわかる。だが、柿《かき》や蜜柑《みかん》など季節の果物は好んで食べている。それに、蓉が作るお汁粉《しるこ》は「うまい」と喜んで食べるのだ。

いつだったか、菖三郎が美味しそうにお汁粉を食べている傍《かたわ》らで、蓉が、そっと綾に教えてくれたことがある。

〈殿が水野の家に婿入りされて、初めて作って差し上げたのが、お汁粉なのですよ〉

蓉は、夫となった菖三郎と打ち解《と》けたくて、菖三郎が好きなものを茂七に尋《たず》ねたのだと。それで、甘味《かんみ》が好きだと知って、お汁粉を作った。その蓉の想いに、菖三郎は心を寄せてくれたのだと。

世の大半の婿取りがそうであるように、縁組が決まるまで、蓉と菖三郎は面識がなかった。いずれ、綾だって、会ったこともない殿御《とのご》を婿に取らねばならぬのだ。だけど、そうやって、互いのことをゆっくり知っていきながら親しくなる夫婦というのも、いいのかもしれない。

父と母の姿を見ながら、そう思っていた。だからこそ、気になってしまった。

父の優しさに、せつなくなる瞬間があるのは、なぜなのか。

その答えが、菖三郎と団子をめぐる、ほのかな違和感にある気がした。

「父上は、甘いものがお好きなのに、どうしてお団子だけは召し上がらないのかしら？」

菖三郎に長く仕えていた茂七なら、何か知っているはずだ、と綾は問いかけた。

すると、茂七は、感慨《かんがい》深そうに言った。

「殿様は、最後の団子を食《しょく》してしまったのでしょうな」

「最後の団子？」

綾が訊《き》き返すと、茂七は、はっとした様子で口元に手を当てた。

綾は「どういうこと？」とさらに問う。茂七はぎこちなく笑って「ささ、はよう、お召し上がりください。お粥も冷《さ》めてしまいますぞ」と言う。明らかに何かを隠そうとしている。

「最後の団子を食した、ということは、かつてはお団子を食べていた、ということよね？」

綾の鋭《するど》い指摘《してき》に、茂七は目を泳がせながら言う。

「さあて、お若い頃、狐《きつね》に化《ば》かされて、糞《くそ》団子でも食べてしまったのかもしれませんな」

「嘘《うそ》おっしゃい。私を幼子《おさなご》と思って侮《あなど》っているの？」

綾を赤子《あかご》の頃から見ている茂七のこと。悪気《わるぎ》がないのはわかっている。だが綾とて、もう十二歳。やがて月のものを迎えれば、婿を探し始めねばならない。いつまでも子ども扱いされたくなかった。

茂七は「侮るなど、そのようなことは」と困ったように眉《まゆ》を下げる。

「本当のことを教えてくれるまで、昼餉も、お団子も、食べぬ」

と言った途端《とたん》、綾のお腹《なか》が、ぐうと鳴った。

正直な身体に、頬《ほお》が赤くなる。でも、ここで折れたくはない。そっぽを向いた綾に、茂七は、やれやれと、微笑んで言った。

「意地をはらず、どうぞお召し上がりくださいませ。綾様には、本当のことを、お話しいたしますゆえ」

その言葉に、綾は、ちらと茂七の方を見た。茂七が頷《うなず》く。

「生きていく上で、どんな人にも、もうこれが最後、これきり、と思う時があるのでございますよ」

「これきり?」

「あれは……まだ殿様が、十七か、いえ十八歳の時でしたかな」

綾は驚いた。十五、六年ほども前の話ということだ。

十八歳の菖三郎の姿を、すぐには想像できなくて、綾は胸が鳴るのを感じながら、庭に目をやった。

降りやまぬ霧雨は、庭一面を淡く白く覆《おお》っていた。

＊

菖三郎は、昌平坂《しょうへいざか》学問所からの帰り道が好きだった。

神田川《かんだがわ》沿いの緩《ゆる》やかな坂道を、水道橋《すいどうばし》の方に向かって登っていく。

江戸の町に水道を通すために、神田川には大樋《おおどい》がかけられている。三鷹《みたか》にある井《い》の頭《かしら》池から引かれた水が流れる懸樋《かけひ》だ。その近くにかかる橋だから、水道橋。

その水道橋を渡った向こうに、渡辺家の屋敷はある。

左手には神田川越しに駿河台が見える。武家屋敷の瓦《かわら》屋根が海原《うなばら》のように広がって、その甍《いらか》の波の先には江戸の御城、そして晴れた日には遥《はる》か富士山が望める。

その、いかにも将軍のお膝元《ひざもと》といった壮大な景色が好き、というわけではない。

神田川沿いの木々や草花を眺めながら、ただ歩くのが、好きなのだ。

(お、あの声は四十雀《しじゅうから》かな)

澄んだ囀《さえず》りに、菖三郎は目を細める。

川岸の斜面に生える木々の枝に、餅《もち》のように白い頰をした小鳥の姿を見つけた。

神田川は、江戸城の外濠《そとぼり》として開削《かいさく》された、いわば人工の川だ。本来ならばその川岸の斜面は外濠として整備されているはずなのだが、かの徳川家康が江戸入りしてから二百年くらいの歳月が流れている。いつしか、石垣の隙間《すきま》からは季節の草花が芽吹き、もともと剝《む》き出しの地肌だった場所には黒鉄黐《くろがねもち》や木通《あけび》、南天《なんてん》といった、鳥が種を運ぶ木々が茂っている。

江戸にいながらにして渓谷《けいこく》の風情《ふぜい》が楽しめると、今では、昌平坂学問所から水道橋にかけての川沿いには、茶店《ちゃみせ》が並んでいる。そして、このあたりは、近隣の寺の湧《わ》き水を将軍が茶の湯に用いたという謂《いわ》れから、御茶ノ水《おちゃのみず》という名称で人々に親しまれている。

ここが江戸城の外濠であることを忘れてしまうような景色は、天下泰平《てんかたいへい》の世が長く続いている証《あかし》でもあった。

（いつ見ても、可愛いな）

梢《こずえ》にいる四十雀を見ながら、頬を緩める。

すると、後ろから茂七の小声がした。

「菖三郎様、周りの者が訝《いぶか》しんでおりますぞ」

振り返ると、茂七が困ったように菖三郎を見ている。はっとして、あたりを見回すと、通りすがりの者が、ちらとこちらを見ては、すっと顔をそらしていく。

紺青《こんじょう》色の小袖《こそで》と羽織《はおり》に、灰《はい》色の平織《ひらお》りの半袴《はんばかま》、腰に大小の刀を差した、どう見ても育ちのよさそうな武家の若者が、一人で木の枝を見て笑っている。たしかに、怪《あや》しい。

「どこでどなたが見ているかわからぬのですから、御家《おいえ》の恥にならぬよう……」

「わかっておる、わかっておる」

茂七の小言は、飽《あ》きるほど聞いてきた。遮《さえぎ》るように言い返す。

「〈ご元服なさった以上は、家督《かとく》を継がれる兄上様のお顔を汚《よご》さぬよう、文武に励み〉云々《うんぬん》、だったか？」

「さようにございます」

慇懃《いんぎん》に頷いて茂七は続ける。

「ちなみに、云々、のところは〈よき婿入り先に恵まれますよう、ご自重《じちょう》なさいませ〉でございます」

やれやれ、と菖三郎はため息をついた。

菖三郎は、旗本渡辺家の三男坊だ。名を付けた日、庭に菖蒲《しょうぶ》が咲いていたから、菖三郎。長男、次男、と男が続いて、おおかた、名付けも適当になったのだろう。

菖三郎の父の役職は、奈良奉行《ならぶぎょう》。幕府直轄地《ちょっかつち》を管理する遠国《おんごく》奉行ゆえ、今は、単身で奈良の役宅に赴任《ふにん》している。渡辺家の江戸屋敷の留守《るす》を預かるのは、長男の亘太郎《こうたろう》。家督を継ぐ身として、すでに妻も迎えて、若い旗本が任じられることの多い書院番士、つまり将軍護衛のお役目も得ている。

旗本で家督を継げるのは、嫡出《ちゃくしゅつ》の長男だけだ。

次男三男は、どんなに努力しても、部屋住みの身。後継に関わる不慮《ふりょ》の事態に備えて、ただ生かされている立場だ。役職にはつけず、独立した生計は立てられない。したがって生涯《しょうがい》、恋人も、妻も、持つことはない。文武の才を見出《みいだ》されて、他家に婿か養子へ行ければ妻は持てるが、そういう縁がなく、部屋住みのまま年を重ねる者も少なくない。

渡辺家は昨年、次男の亮之介《りょうのすけ》を他家に婿養子に出したところだった。

亮之介のことを思うと、今もまだ、胸が疼《うず》いてしまう。

亮之介が婿入りした家の義父、つまり舅《しゅうと》は、書物奉行だった。江戸城西の丸にある紅葉山文庫《もみじやまぶんこ》で、書物《しょもつ》や古文書《こもんじょ》を扱う役職だ。

亮之介に婿入りの話がきた時、菖三郎は、羨《うらや》ましくて仕方がなかった。

菖三郎は、部屋住みの身であっても、昌平坂学問所に通っているほど、古文、漢文、史籍が好きなのだ。

けれど年の順からして、菖三郎が婿に行くという選択は、話にも上らなかったし、部屋住みの身から脱出できることを喜んでいる亮之介に、自分の方が向いている婿入り先だと思う、などと余計なことを言って水を差したくなかった。

それなのに、先日、亮之介に会った時、さんざん愚痴《ぐち》をこぼされた。

〈舅はとにかく細《こま》かい性格で、妻もちっとも可愛げがない。漢詩の知識など妻の方があるくらいで、婿としての面目《めんぼく》を失うこともしばしばだ〉と、次々と湧いて出てくる愚痴を聞いてやりながら、ならば俺が婿に行きたかった、という言葉が喉元《のどもと》まで出かかったのを、なんとかこらえた。

「一生、冷《ひ》や飯食《めしぐ》い。俺は、もうそれでいいんだ」

四十雀の鳴く梢を見ながら、菖三郎は、独り言《ご》つ。

家長が食事を済ませた後の冷《さ》めた飯を食べるから、冷や飯食い。誰が言い始めたのか知らぬが、それが、武家の次男三男に対する世間の見方だ。

その呟きに、茂七は目を丸くする。

「何をおっしゃいますか」

「亘太郎兄上がいれば、渡辺家も安泰《あんたい》だろうしな」

亘太郎のように書院番士になることを「御番《ごばん》入り」といって、立身出世をめざす旗本の子弟にとっては羨望《せんぼう》の的《まと》だった。真面目《まじめ》で堅物《かたぶつ》の兄のこと、この先、父に倣《なら》って昇進を重ねて、家督を継いだ後は、着実に何かしらの奉行職につくであろう。亘太郎が健在であれば、三男坊の菖三郎など、いてもいなくても同じなのだ。この先も、お気楽な三男坊として、冷や飯を食べていくしかない。

今日もこうして、亘太郎からもらう小遣《こづか》いを手に、昌平坂学問所の帰り道を歩けるのも、三男坊として生まれたおかげだ。

（そう思うしか、あるまい）

あたりを見れば、皆、せわしげに道を行き交っている。商人、棒手振り、物詣《ものもうで》の母子、槍持《やりも》ちと挟箱持《はさみばこも》ちと草履取《ぞうりと》りの三供《みつとも》を引き連れた武士、廻髪結《まわりかみゆい》、駕籠《かご》かき、商家の丁稚《でっち》だろうか幼子まで先を急いで、菖三郎を追い越していく。皆、何か目的があって進んでいる。

それらから目を離すと、菖三郎は、暢気《のんき》を装《よそお》って腕を伸ばした。

「さあて、団子でも食べて帰ろう」

この先に、近頃、気に入った団子屋があるのだ。そこの餡団子が、とても美味しい。

学問所の帰りに、好きな甘味を頬張る。それが、一生部屋住みの身に許される、ささやかな楽しみだった。

緩やかな坂を登りきった先、水戸《みと》徳川家の小石川後楽園《こいしかわこうらくえん》の門が遠くに見える頃、団子屋、小春亭《こはるてい》に辿《たど》り着く。神田川を眺められるように桟敷《さじき》が設けられていて、川岸の木々が、木漏《こも》れ日《び》を落としている。

若草色《わかくさ》の暖簾《のれん》を潜《くぐ》ると「いらっしゃい！」と、明るい声がした。暖簾と同じ若草色の前掛け姿は、給仕の小女《こおんな》たちのお揃《そろ》いだ。

その中から十五、六歳くらいの娘を、なんとなく目で追いかけてしまった。後ろ姿で、すぐにわかる。健《すこ》やかに日焼けしたうなじに、少しくせのある黒髪が、可愛らしい後《おく》れ毛《げ》になっている。

はつ、という名の娘だった。

声をかけたことは、一度もない。いつも団子を頼むのは、茂七が先んじて言ってしまう。その名も、店主が「おおい、はつ」と呼んでいるのを聞き取って知ったくらいだ。

菖三郎は無言のまま、座席に向かった。桟敷にある床几席《しょうぎ》が、菖三郎のお気に入りだ。ここからなら、川岸の景色が一望できるから。

三人掛けの床几には、端に一輪挿《いちりんざ》しが置いてあって、季節の野花が挿してある。

菖三郎が、その床几に掛けると、茂七が傍らに跪《ひざまず》く。

従者に過ぎぬ茂七は、本来ならば店の外で待っている立場なのだが、菖三郎はいつも一緒に店に入らせる。外でずっと待たせていると思うと、気持ちが落ち着かない。それに、幼い頃から仕える茂七は、もはや身内のようなものだった。

菖三郎が「まあ、座れ」と、隣に招くと、茂七は「ありがたきことにございます」と一礼して、菖三郎から一人分空けた床几の端に、ちんまりと座した。

「そこに座したら、一輪挿しが見えぬ」

菖三郎がそう言うと、茂七は初めてそこに野花があるのに気づいたのか「これは失礼いたしました」と、一輪挿しを菖三郎の隣に置いた。

その花色に、菖三郎は「ほう」と思わず声を漏《も》らした。

「白いすみれか」

これは珍《めずら》しい。

紫色は道端でよく見るが、白色は、めったに見ない。どこに咲いていたのだろう、と思いながら、一輪挿しを手に取って目の高さに合わせて見た。

「綺麗《きれい》な色でしょう」

不意に、声をかけられて、危《あや》うく一輪挿しを落としそうになった。振り返ると、はつが、盆を持って、にこにこ笑って立っている。

何と答えたらいいのかと迷っている間に、茂七が先に口を開いてしまう。

「まことに、楚々《そそ》とした花ですなあ。どこに咲いていたのですか？」

おまけに、菖三郎が訊きたかったことまで言ってしまう。

（余計なことを、言いおって）

　菖三郎は黙したまま、一輪挿しを床几の上に戻す。

　すると、はつは、茂七に向かって答えた。

「それは、内緒《ないしょ》です」

　人差し指を、唇《くちびる》の前に立てる。その仕草《しぐさ》に、なぜだか胸が鳴ってしまった。

「いつもの餡団子でよろしいですか？」

　なにげない言葉に、耳を疑った。

（いつもの、ということは、ひょっとして、俺のことを覚えているのか？）

「そ……」

　菖三郎が口を開きかけた時、またしても茂七が「それで頼みます」と言ってしまう。

「承知しました」と、はつが去ろうとした時、菖三郎は咄嗟《とっさ》に言った。

「ああ、待て」

　はつが、驚いたように振り返る。

「この者の分も、頼む」

　茂七にも餡団子とお茶を、と真顔《まがお》で言った菖三郎に、はつは「はい！」とはずむ声で応《こた》えてくれた。

はつが去った後、茂七は「なんと今日は私の分まで。お気遣い、ありがとうございます」と感激した様子で言う。

「俺だけ食べるのが、気まずいだけだ」

腕を組み、淡々《たんたん》と言う。

はつが言っていた「いつもの」という言葉が、胸の高鳴りとともに耳に残っている。はつは、菖三郎のことを覚えていたのだろうか。つまり、少なくとも、厭《いや》な客ではない、ということか。

(そうだとして、だから何だと言うのだ)

他の客にも同じことを言っているだけかもしれないのに。

菖三郎は、茂七に気取《けど》られぬ程度に首を振った。

(俺は、ただ団子を食べにきただけではないか)

それなのに、あんな些細《ささい》な一言が、こんなに気になってしまうのは、どうしてだろう。

「お待ちどおさまです」

小女の声がして、餡団子とお茶が床几に置かれた。持ってきたのは、はつ、ではなく、別の、少し年上の小女だった。

さりげなく店を見渡せば、客層は、女人《にょにん》や、親子、老夫婦が多いことに改めて気づく。

確かに、はつは、菖三郎のことを覚えていたのかもしれない。だけどそれは……。

（珍しいだけか）

白いすみれの花を見やり、自分の姿を見ているような気がして、小さく息を吐《は》いた。

菖三郎が団子を手に取ると、茂七も「いただきます」と一礼して皿から取る。

菖三郎は、団子を口に含んだ。

「うまい」

素直な言葉を、こぼしてしまう。

なめらかな漉し餡と、もちもちの白団子の組み合わせは、菖三郎の大好物だ。木漏れ日の下、鳥の囀りに耳を澄ませながら、御茶ノ水、神田川の景色を望む。そして、団子を頬張る。ささやかながら、至福のひと時だった。

あたたかいお茶を啜《すす》り、木々の葉からこぼれる陽光を見上げる。

（もし、婿に行けるなら、吹上奉行になれるような家がいいな）

江戸城西の丸にある吹上御苑《ふきあげぎょえん》、すなわち、将軍の庭園を管理する奉行職だ。吹上花畑奉行なる別名があるくらいで、役高《やくだか》は低くとも、そういうお役目が、自分の性《しょう》には合っていると思う。

書物を好み、草花や小鳥を愛《め》でる菖三郎とて、旗本の男子として、一通りの武芸を修め、どこに出ても恥をかかぬ程度には、剣術も弓馬《きゅうば》の扱いもできる。とはいえ、できるのと、好きなのとは違う。大番組《おおばんぐみ》や小姓組《こしょうぐみ》、書院番といった、将軍警護や軍事《いくさごと》に関わるような番方《ばんかた》のつとめに憧《あこが》れたことはない。

それでも、旗本渡辺家の男子として求められるだけの技量は身に付けている。それは、立身のためでもなく、よき婿入り先に見出されるためでもない。

ただ単に、従順なのだ。

幼い頃から、そうだった。やれと言われたことは、それなりに、やってしまう。やりたくないと放り出す奔放《ほんぽう》さも、道を外れる度胸《どきょう》もなく、周りから期待されるだけの努力を積んでしまう。

だけど、努力ののちに心を満たされたことは、一度もない。どんなに励んだところで部屋住みなのだから。

旗本の次男三男の中には、その立場に嫌気がさして、無頼《ぶらい》な振る舞いをする者もいる。適当な婿入り先に恵まれればよいが、一生、その身を持て余す者も多いのだ。だから、そういう荒《すさ》んだ心になるのもわからなくはない。悪所《あくしょ》通いをして、吉原《よしわら》に入り浸《びた》る者もいる。

菖三郎自身、十八にもなれば、年上の友人から、遊びに行かぬかと誘われたことも、一度や二度ではない。だが、足を踏み入れたことはない。意気地《いくじ》がないと嘲《あざけ》られても、ただ笑ってやり過ごした。

兄からもらった小遣いを手に、そういう場所へ行くくらいなら、ここで団子を頬張りながら、季節の移ろいを愛でている方が、いい。

（こんなことを思えるのも、泰平の世だからなのだよな）

もし、戦国の世に生まれていたならば、武家の男子として、家のため、主君のため、名誉のために、命を賭《と》して戦わねばならなかっただろう。これといった野心もなく、従順に言われたことをやって、花鳥《かちょう》を愛でているような自分は、泰平の世でなければ、とっくに淘汰《とうた》されているだろう。

団子を食べ終わった頃、店の入り口の方が騒がしくなった。

菖三郎も茂七も、そちらを見やった。

四人の武士が、店に入ってくる。くたびれた羽織に、色あせた袴、大声で騒いでいる言葉には、どことなく訛《なま》りがある。

一目《ひとめ》で、勤番侍《きんばんざむらい》だとわかった。

菖三郎は、顔を川岸に向けた。

（ああいうの、苦手なんだよな）

つい、そう思ってしまう。

勤番侍とは、参勤交代で江戸に在府《ざいふ》する大名に付き従って、国許《くにもと》から上《のぼ》ってきた武士たちだ。

彼らは、普段は大名屋敷の中の長屋で暮らしているが、こうして、江戸見物、物見遊山《ものみゆさん》に出歩く者も多い。遠い故郷に妻子を置いて、一年もの間、江戸にいなければならないのだ。町を歩くこと以外、楽しみもないのだろう。

たいてい、あのように数人で連れ立ち、江戸に上った気分の高揚《こうよう》もあって浮かれている。田舎者《いなかもの》ゆえ、江戸の風習や様々な約束事を知らず、それでいて、武士としての矜持《きょうじ》や、主君に対する誇りは、絶対に曲げないものだから、はっきり言って、めんどくさい。

彼らにしてみれば、菖三郎のような旗本の次男三男などは、江戸育ちの、苦労知らず。徳川親藩《しんぱん》や譜代《ふだい》大名ならまだしも、遥々《はるばる》遠国からやってくる外様《とざま》大名の勤番侍の中には、あからさまに、いやな態度をぶつけてくる者もいる。相手が見るからに田舎侍ならば、こちらは見るからに江戸の旗本の男子なのだ。

菖三郎の内心を察したのか、茂七も「そろそろ、お屋敷に戻りましょうか」と囁《ささや》く。菖三郎は「そうだな」と吐息《といき》交じりに応えて、団子代を白いすみれの横に置いて立ち上がる。

さりげなく、はつの姿を探して、はっとした。

勤番侍の一人に、絡《から》まれている。

「なんだ、酌《しゃく》はしてくれないのか」

「ここは、そういうお店じゃありません」

毅然《きぜん》と言い返すはつを、勤番侍たちが、けらけらと笑う。

「そういうお店って、どういうお店だ？」

はつは、頰を真っ赤にして黙り込む。

勤番侍たちは、桟敷ではなく、四人掛けの机の席に座り、はつをからかっている。侍たちの下品な笑い声に、他の客たちは、一人、また一人、と店を出ていく。

「菖三郎様、参りましょう」

茂七が袖を引いて、小声で促《うなが》す。

面倒なことに巻き込まれたくないのは、菖三郎とて同じだ。だが、何も見なかったように店を出ることが、できなかった。

若草色の前掛けをした小女たちが、困ったように目配《めくば》せして、様子を聞きつけた店主の親父《おやじ》が、奥から出てきた。

「お侍様、ご用件は私が承《うけたまわ》りましょう」

丁重《ていちょう》に頭を下げ、遠回しに、はつを離してやってくれと頼む店主にも、侍たちは構うことがない。

「まあ座れ、座れ。よく見たら、可愛い顔ではないか」

絡んでいた侍が、はつの腕を摑《つか》んで、無理やり長椅子に座らせようとする。はつは、その腕を振りほどこうとした。

「離してください！」

その手先が、勢い余って一人の侍の髷を叩《たた》いてしまった。髷が月代《さかやき》の上で曲がり、その滑稽《こっけい》な姿に、仲間の侍たちがどっと笑った。途端、髷を叩かれた侍が、かっとなり立ち上がる。

「この小女っ、無礼者め！」

侍が腰の刀に手をかけた瞬間、菖三郎は茂七の制止を振り払っていた。迷うことなく侍の背後に駆け寄って手を伸ばす。そのまま、相手の鞘尻《さやじり》を摑み、鐺《こじり》を持ち上げた。

鐺を持ち上げられたら、刀は抜けない。抜刀《ばっとう》を未然に防ぐ、鐺返しという方法だ。

鐺を持ち上げたまま、菖三郎は侍の耳元で言った。

「どこのお大名の侍か知らないが、ここは江戸だぞ」

侍は顔を真っ赤にして、柄《つか》を握《にぎ》ったまま、菖三郎を睨《にら》みつける。だが、菖三郎も怯《ひる》むことはなかった。

無礼を働いた者を手打ちにすることは、武士の名誉を守るために、切捨御免《きりすてごめん》として認められていた。とはいえ、ここは徳川将軍のお膝元、江戸だ。江戸の民は将軍の民。部屋住みとはいえ、旗本の男子として、この狼藉《ろうぜき》を許すわけにはいかなかった。

相手方も菖三郎の忠告の意味と、その身なりから、そこそこの家柄の旗本の子弟だと察したのか、下唇を嚙《か》む。仲間たちも慌《あわ》てた様子で「まあまあ」となだめに入った。

髷を叩かれた侍が、ようやく柄から手を離すと、菖三郎も、心の中で安堵《あんど》の息をついて鐺から手を離した。

侍は、負け惜しみのように一つ咳払《せきばら》いをすると、はつに向かって言った。

「この御仁《ごじん》に礼を言うんだな」

はつは、蒼白《あおじろ》い顔で茫然《ぼうぜん》として立ち尽くすばかり。

「行くぞ」と、侍たちは逃げるように店を後にした。さすがに、このまま団子を食えるほど図太くはないようだ。それに、仕える大名家を探られるのも、まずいと思ったのだろう。

侍たちが去った後、店は静まり返った。

奥の方の席に、良家の妻女とその付き人と思《おぼ》しき一組の女人がいるだけで、他の客は皆、いなくなっている。

はつは、糸が切れたように、その場に膝《ひざ》をついた。小女の一人が駆け寄って肩を支える。

「わ、私……」

唇をわななかせた途端、恐怖が押し寄せたのか、声を上げて泣いてしまった。無理もないだろう。危うく、斬《き》られるかもしれなかったのだ。

菖三郎が声をかけようとした時、店主が菖三郎のもとへ駆け寄り、跪《ひざまず》いて頭を下げた。

「お武家様、なんとお礼を申し上げたらいいのか！」

「いや、いいのだ。大したことはしていない」

自分は鐺を持ち上げただけだ。それより、泣きじゃくるはつが心配でならない。

だが、店主が「せめて、お名を！」と袖に縋《すが》りつかんばかりに言うものだから、はつに声をかける機を、すっかり失ってしまった。

菖三郎は「名乗るほどの者ではない」と、簡潔に断って、膝をついたままの店主を立ち上がらせた。

他藩の侍が絡む出来事だ。下手《へた》に名乗って、後々、面倒なことになると兄に迷惑がかかる。茂七も同じように思っているのだろう。菖三郎に向ける目が「早く帰りましょう」と言っている。

「ならば、せめてお礼に、お団子を！」

店主が小女たちに、団子を手土産《てみやげ》用に包むように、と目配せする。

「いや、いいのだ」とそれも断ろうとして、閑散《かんさん》とした店内に気づく。

騒動で客はすっかりいなくなってしまっている。売れ残った団子はどうするのだろう。図《はか》らずも騒動の発端《ほったん》になってしまったのは、はつだ。可哀《かわい》そうになって、つい、言ってしまった。

「ならば、全部、買おう」

茂七が眉間《みけん》に皺《しわ》を寄せて「なりませんぞ」と首を横に振る。菖三郎は言い返す。

「そのくらいの手持ちはある。あの侍たちのせいで客も去ってしまったのだ。代わりに、全て買い取ってやる」

悪所通いもせず、学問所の帰りに団子を食べるくらいしか楽しみのない菖三郎だ。兄からもらう小遣いは、あり余るほどだ。

「ですが、そんなにたくさんの団子をどうするのですか」

なおも首を横に振る茂七に、腕を組んで言い返す。

「屋敷の者に、土産として食わせてやればよい」

店主は「なんとお優しいお武家様か」と、もはや仏でも拝むように手を合わせている。小女たちも「ありがとうございます」と、次々と頭を下げた。

「いや、そんな。いいのだ、俺は、この店の団子が好きなだけだから」

気恥《きは》ずかしくなって、はつを見やる。涙に潤んだ目が自分を見つめていて、慌てて目をそらしてしまった。

目をそらしてから、声をかけるなら今しかなかったのに、という後悔《こうかい》にかられたが、もう遅い。もう一度見やった時にはもう、はつは、小女に肩を支えられて、店の奥へ入ってしまった後だった。

ややあって、山ほどの団子の包みが出来上がると、それを持った茂七が「さ、今度こそ、本当に戻りますぞ」と言って、菖三郎を押すようにして店から出した。

そうして屋敷に帰ったら、兄の亘太郎から大目玉をくらった。

「何たる無駄遣いだ！」

亘太郎を前に、菖三郎は低頭する。

何十串もの団子を屋敷に持ち帰り、こっそり台所に行って、侍女《じじょ》の一人に「皆で分けてくれ」と言って渡した。女たちは大喜びだったが、口止めするのを忘れてしまった。

侍女の口から、兄の妻に伝わり、当然のごとく兄に伝わった。

「学問所の帰りに道草を食うばかりでなく、食べきれんほどの団子を買って帰るなど、お前は何を考えておる！」

「申し訳ございません。美味しい団子でしたので」

一連の顛末《てんまつ》は、敢《あ》えて話さなかった。言い訳がましくなるのは好きではなかったし、詳細を語って、他藩の勤番侍の揉《も》め事に関わったことを知られるのも面倒だ。ただ、美味しい団子だったから手土産に持ち帰った、と言い通した。

「団子なぞを大量に買い込むために、小遣いを与えているわけではない！」

唾《つば》を飛ばさんばかりに亘太郎に叱《しか》られ、菖三郎は低頭したまま小さく息を吐いた。


それからしばらくは、小春亭から足が遠のいた。

昌平坂学問所の帰りも、なんとなく、違う道を通ってしまう。さすがに、あれだけのことがあれば、はつにも、他の小女たちにも、顔を覚えられたはずだ。店主にも、恩人として大仰《おおぎょう》に迎え入れられそうで、それもまた困ったことになりそうだった。

（美味しい団子だったのに、すっかり行きにくくなってしまったな）

あの勤番侍たちを恨《うら》みたくなる。

そうして、幾日か経《た》った。いつものように学問所での講義を終えて門を出た菖三郎は、立ち尽くした。

若草色の前掛け姿の、はつが、立っていたのだ。

筑地塀《ついじべい》を背に、口元を引き結んでいる。講義を終えて続々と門から出ていく武士たちは、はつのことなど気にすることもなく、足早に通り過ぎる。はつは、その過ぎゆく人の顔を見やっては、心細そうにしている。

やがて人波《ひとなみ》が途切れた時、そこには立ち尽くしたままの菖三郎だけが取り残された。その姿に気づいた、はつの目が、大きく見開かれた。

「菖三郎様……」

名を呼ばれ、驚いた。

「どうして、俺の名を」

「茂七さんに、聞きました」

「茂七に？」

そういえば、茂七はどこにいるのか。その姿を探すように、周りを見やる。いつもなら、はつが立っているあたりで講義が終わるのを待っているはずだ。

はつは、菖三郎の前まで進み出ると、一気に言った。

「どうしても、あの日のお礼がしたくて。でも、お名もお屋敷も、わからないから、またお店にきてくださるのを、ずっと待っていて……でも、なかなか、いらっしゃらなくて。一緒に働いている子が、昌平坂の近くで見かけたことがあるって教えてくれて。それで……」

「それで、待っていたのか」

　ぎこちなく返す菖三郎に、はつは、こくりと頷く。

「そうしたら今日、ここでお供の方を見つけて。声をかけたら、菖三郎様のお名も教えてくださって……」

　黙したままの菖三郎に、はつが、恐縮《きようしゆく》するように言った。

「すみません、待ち伏せするようなまねをしてしまって」

「あ、いや、いいのだ」

　菖三郎は、慌てた。突然のことに、何を言っていいのかわからない。首の後ろに手をやって、言葉を探す。

「ただ、何というか、驚いてしまって」

「そう、ですよね」

　はつは、ほんの少し泣きそうな顔になる。

　何かを言ってやらねば、と焦《あせ》るものの、こんな時、気の利《き》いたことが言えない。

　はつは、若草色の前掛けを両手で握りしめると、耳まで赤く染めて菖三郎を見上げた。

「お礼に、どうしても、お連れしたい場所があるんです」

「場所？」

問い返す間にも、はつは、「こっちです」と歩き出していた。

茂七はどこへ行ったのだ、と思いつつも、はつに置いていかれまいと、菖三郎は誘われるがまま、その背を追った。

昌平坂学問所から水道橋に向けて緩やかな坂を登っていく。左手には神田川越しに駿河台の武家屋敷、その先には江戸の御城、そして遥かに望む富士山。いつもと変わらない景色なのに、胸の高鳴りがやまない。緩やかな坂道のはずなのに、息が上がってしまいそうになる。

時折、先を行くはつが、立ち止まってこちらを振り返る。ちゃんと菖三郎がついてきていることを確かめると、笑顔を見せて、また歩き出す。

その笑顔に、胸を摑まれる心地がした。

はつを振り返らせたくて、何度もその笑顔が見たくて、歩みを遅くしてしまいたくなる。

やがて、小春亭の前に辿り着いた。

連れていきたかった場所とは小春亭のことか？　と、はつを見やる。

「こっちです。ちょっと狭いので気をつけてください」

そう言って、はつは、小春亭の脇から、川岸に茂る藪《やぶ》の中に入っていく。そのまま、神田川に向けて渓谷のようになった斜面を、慣れた様子で下《くだ》っていく。生《お》い茂る下草は、人一人分だけ踏み敷かれて、小道ができていた。とはいえ、気を抜けば足を滑《すべ》らせそうになるくらいの斜面だ。おまけに菖三郎は腰に大小の刀を差していて、はつのように身軽ではない。刀が抜け落ちないように、片手で鯉口《こいぐち》をそっと押さえた。

もうこの先は神田川の水面《みなも》ではないか、と思うほど下った頃、藪が途切れ、傾斜も緩んだ。

はつが、立ち止まって振り返る。

川沿いの日当たりのよい草の上で、はつの笑顔が、あたたかく菖三郎を見ていた。

「ここです」

「ここは……」と、菖三郎は、はつの隣に立って背後を見上げた。

斜面の上に、小春亭の桟敷が見えた。はつも、菖三郎と同じ方を見上げて言った。

「ここ、小春亭の下なんです」

そこは、桟敷の下に広がる草地だった。席に座っている時には、全く見えなかった。遠くの景色ばかりを見ていたからだろうか。

桟敷を仰ぎ見る菖三郎の袖を、はつが、そっと引いた。促されるまま足元を見やって、菖三郎は「あ……」と声をこぼした。

白いすみれが、一面に咲いていた。

春の陽射しに神田川の水面が煌《きら》めいて、その輝きと同じくらいに白い花びらが、菖三郎の足元で風に揺れていた。

「こんなところに」

思わずそう口にした。はつが、頷いて言う。

「菖三郎様は、白いすみれが咲く場所を、お知りになりたかったのでしょう？　だけど、茂七さんが先に訊いてしまったから。だから、内緒って言ったんです」

はつは、しゃがみこみ、白いすみれの花にそっと触れた。

「あなた様がいる場所に、咲いているんです。そう、教えてあげたかったから」

返す言葉を探す菖三郎を見つめて、はつは、言った。

「ありがとうございました。菖三郎様が助けてくれて、本当に、嬉しかった」

その言葉に、菖三郎は、微笑んだ。

そのまま、二人は何も言わず、草の上に並んで座った。

穏やかな沈黙の中に、四十雀の声が、どこからともなく聞こえる。川面《かわも》を渡る風が頬を撫《な》で、白いすみれが、足元で優しく揺れている。生きていく上で何の役にも立たないひと時が、こんなにも心を満たしてくれる。

(ああ、俺は、好きなんだ)

何を考えるでもなく、何をするでもなく、ただ、鳥の囀りや、吹き抜ける風や、葉音や花の色を感じながら、隣にいる人を想う。

このひと時を、心から好きだと思った。

それから数日が経った頃だった。

「菖三郎、ちょっとこい」

兄の亘太郎が、菖三郎の部屋にきて言った。

部屋で一人、書物を読んでいた菖三郎は、顔を上げて亘太郎を見やる。わざわざ菖三郎の部屋にくるのも珍しいことだし、何より、堅物の兄が笑顔で現れるということ自体が、おかしいと思った。亘太郎は、さっさとこい、とばかりに顎先《あごさき》で呼ぶ。黙って従う方が無難だろう。菖三郎は書物を閉じて立ち上がった。

　すると、亘太郎は、菖三郎の立ち姿を、頭の先からつま先まで、まじまじと見た。

「な、なんでしょうか」

問いかける菖三郎に、亘太郎は腕を組み、思案するように言った。

「そのなりでは、見栄《みば》えがせんな」

「見栄え？」

菖三郎は、いつも着ている紺青色の小袖に灰色の平織りの半袴姿だ。

「このまま待て、すぐに戻る」

「はあ……」

　いったいなんのことやらと思っていると、亘太郎が黒い羽織を持って戻ってきた。それを菖三郎に押し付けるように渡す。渡辺家の紋《もん》が入った羽織だった。

「紋付《もんつき》くらい着ておけ。お前に客人がきている」

「客人？　俺に？」

　ますます話がわからない。

「誰ですか」と問う菖三郎に、亘太郎は「いいからこい」とだけ言って、廊を歩いていく。菖三郎は羽織の袖に腕を通しながら、兄の背を追いかけた。

小首をかしげつつ客間に入ると、そこには、女が二人いた。年の頃は、菖三郎の母と同じか、少し上くらいか。そして、部屋の隅には、茂七が身を小さくして控《ひか》えている。

(茂七?)

茂七は、何も言わない。ただ、菖三郎を見やる茂七の目が、どこか気まずそうで、憐《あわ》れんでいるようにも感じた。

状況が摑めぬまま、改めて二人の客人を見る。

一人は地味な藍《あい》色の小袖姿で控えているから、付き人なのだろう。菖三郎を訪ねた客と思しき女人の方は、きりりと結《ゆ》った高島田《たかしまだ》に、銀細工の簪《かんざし》、品のある薄紫色の絹地の小袖に、扱《しご》き帯で端折《はしょ》った打掛《うちかけ》姿。一見して、上級武家の妻女だとわかった。

亘太郎は、うやうやしく客人に一礼して座ると、菖三郎に「お前も、座れ」と、隣に促す。

菖三郎が座すと、高島田の客人が口を開く。

「渡辺菖三郎殿ですね」

高貴《こうき》な武家の女人らしい明瞭《めいりょう》な物言いに、こちらも背筋が伸びてしまう。

「さようにございます」

手をついて一礼すると、亘太郎が、言った。

「こちらは、御書院番頭をつとめておられる水野豊後守《ぶんごのかみ》の奥方様だ」

江戸城の警固、将軍の護衛にあたる書院番は十組ある。兄、亘太郎もそのうちの一つの組に属する書院番士だ。水野豊後守は、たしか直属の番頭ではないはず。とはいえ、上役《うわやく》であることに変わりはない。

ちらと兄を見やる。亘太郎は満面《まんめん》の笑みで菖三郎を見返す。いまだかつて、冷や飯食いの弟に、こんな笑顔を見せたことがあっただろうか、と思うほど上機嫌な顔だった。

書院番頭の奥方が、いったい何の用で菖三郎を訪ねたのか。とはいえ、ここで何か粗相《そそう》をやらかせば、兄の将来にも関わりかねない相手であることには違いない。

菖三郎は、両手を膝の上に置き、慎重に相手の出方を待った。

「見事な鐺返しにございました」

奥方の口から出た言葉に、菖三郎は耳を疑った。まさか、あの小春亭での勤番侍との揉め事を言っているのだろうか。

なぜ知っているのか、という疑問が顔に出ていたのか、奥方は微笑んで言う。

「私も、あの店で、喜久《きく》とお団子を食べていたのですよ」

控える藍色の小袖姿の女が黙礼する。喜久というのは、この付き人のことだろう。

「え、あ……」

あの時の、と声が出かかる。

そういえば、あの勤番侍たちの狼藉があった時、他の客はいつの間にかすっかりいなくなってしまったが、一組、妻女と付き人と思しき女人が残っていた。

「ご、ご覧になっておられたのですね」

無礼のないように、丁重に応える。

「ええ、しかと見ておりました」と、奥方は嬉しそうに頷くと続けた。

「相手に刀を抜かせず、己も抜かずに江戸の民を守ったお姿。これぞ、泰平の世に求められる武士の姿よ、と感服いたしました」

「いや、そのような。ただ俺、いや私は、あの娘が……」

菖三郎の言葉を、最後まで聞くことなく、奥方は言った。

「あの後、喜久とすっかり話がはずんでしまいましたよ。喜久は、娘の蓉の乳母《うば》でしてね。蓉に婿を取るなら、この殿御《とのご》だと」

「む、婿？」

声を出した菖三郎の袖を、亘太郎が無言で引いた。黙れ、ということだろう。

奥方は、菖三郎の動揺など気にすることもなく続ける。

「それで、我が殿にお願いしまして、あの若侍がどこの御家のご子息なのか、調べてもらったのです。いえ、調べたと申しましてもね、少々、そういうつてもあるのですよ」

水野家ほどの大身旗本ともなれば、隠密《おんみつ》のごとき働きをする家来がいるのだろう。

いつの間に、身辺を調べられていたのかと、うすら寒い思いでいる菖三郎に、奥方は一方的に話し続ける。

「もし、大事な御家の跡取りでしたら諦《あきら》めましたけれど。そうしたら、旗本の渡辺家のお部屋住み、というではありませんか」

ようは、渡辺家は大事な御家でもなく、菖三郎はいてもいなくてもいい三男坊だった、という意味だ。

「聞けば、昌平黌《しょうへいこう》にも通われるほどのご学問好きとか。年が蓉より四つ下というのを、殿は少々気にしていましたが、それ以外は申し分ないと」

奥方の言葉に、菖三郎は、思わず「え？」と言いそうになる。それをまた、亘太郎が無言で袖を引っ張って制する。菖三郎は動揺を隠せぬまま、亘太郎の方を見やった。

年が四つ離れているということは、蓉という娘は、二十二歳ということだ。たいていの女子は十六、七歳で嫁にいく世だ。こんなことを思うのは失礼だが、何か理由があるのだろうか。

それは、次に続いた奥方の言葉で、なんとなく察しがついた。

「何より、お団子を全て買い取ってやるという優しさに、胸打たれましてね。そのお話をしましたら、殿もたいそう乗り気になりまして。〈蓉には、そういう心優しき男と夫婦《めおと》になってほしいと、ずっと望んでおったのだ〉と」

つまり、両親に溺愛《できあい》される一人娘ということだ。

四千石もの大身旗本だ。婿など選び放題だったのだろう。あれでもない、これでもない、と選《え》りすぐっている間に、年頃《としごろ》を過ぎた。それでも、可愛くて仕方がない愛娘《まなむすめ》。もうこの際、家格は多少低くとも性格の良い婿を、といったところだろう。

菖三郎は、亘太郎を見やる。さすがに奥方の前であからさまに首は振れないから、目だけで「否《いな》」と伝えた。

お姫様育ちの年上の妻の相手など、自分につとまるとは、とても思えない。それに、出世欲も大志《たいし》もないのに身の丈《たけ》に合わぬ家に婿に入ったところで、心身ともに疲弊《ひへい》するであろうことは想像に難《かた》くない。

ところが、亘太郎は、満面の笑みを少しも崩《くず》すことなく言った。

「弟は、至極《しごく》真面目で、気の優しい男で。悪所通いもせず、与えた小遣いを使うといえば団子くらいでしてなあ！」

あの時は、団子を買ってきたことを叱ったというのに。兄の変わり身の早さに、あきれそうになる。渡辺家よりも遥かに家格の高い旗本、それも、書院番頭から婿入りの話がやってきて、舞い上がっている。

「俺……いや、私は、そのような大身の御家の婿になど、とても恐れ多く」

「何を言っているのだ！　もっと素直に喜べ！」

身の丈に合わぬ婿入り話ゆえに、辞退しようとする菖三郎を、亘太郎は窘《たしな》めた。口元は笑っているが、目は笑っていない。絶対に断るな、とその目が言っている。

菖三郎はやや声を落として、亘太郎に言った。

「ですが、もし、俺を婿に出した後、兄上の身に何かあったらどうするのです。跡取りがいないとなればこの渡辺家は……」

亘太郎は「そんなこと」と一笑して遮った。

「万一の時には、養子を取ればいい。その頃には、婿入りしたお前のところに、男子が何人もいるかもしれぬ。水野家から甥《おい》を養子にいただくことになれば、渡辺家にとって、これ以上の安泰はない」

この縁組は、確実に、亘太郎自身の昇進に影響する。その嬉しさともくろみが、亘太郎の顔に滲《にじ》み出ている。

とはいえ、菖三郎が婿入り先で男子を儲《もう》けることを前提にした兄の物言いに、反発と羞恥《しゅうち》を覚えた。これでは、言ってしまえば、家のために差し出される種馬とさしてかわらぬではないか。その憤《いきどお》りを抑《おさ》えきれずに、奥方の面前であることも忘れて強く言い返してしまった。

「そのような、もし、という話を、今ここでするのはいかがかと！」

菖三郎が強く言い返すなど思ってもいなかったのか、亘太郎はややあっけにとられたが、すぐに眉を吊《つ》り上げて言い返した。

「それを言うなら、お前の方こそ、そうではないか！〈もし、兄上の身に何かあったら〉など、誰にもわからんことのために、このご縁を断るなど、愚かにもほどがある！」

菖三郎は、うなだれるしかなかった。

もうこれは、断れない。

娘を溺愛する家格の高い義父母に気を遣い続け、まだ見ぬ妻を相手に一生を過ごさねばならない。

そんな菖三郎の心などよそに、亘太郎と奥方だけで話が進んでいく。近いうちに、水野家の屋敷で、娘の蓉と会う話まで取り付けると、奥方は首尾《しゅび》上々《じょうじょう》といった様子で退出していった。

奥方を見送った後、亘太郎は「よかった、実によかった。奈良の父上にもさっそく文《ふみ》を出さねば」と言っている。そんな兄の横で、菖三郎は、黙し続けていた。

翌日、菖三郎は小春亭に向かった。

昌平坂学問所の帰り道、ではなく、屋敷からそのまま足を向けた。付き従う茂七が、窺《うかが》うように菖三郎を見やって言う。

「菖三郎様、お団子を食べに行かれるのですか」

「それ以外、何の用で団子屋に行くんだ」

本心を見抜かれぬように、淡々と言った。怒っていると感じ取ったのか、茂七が「失礼いたしました」と恐縮したように言う。菖三郎は「いや、いいのだ」と首を振った。

はつに、逢《あ》いたかった。

この淡い想いは、もう、抱《いだ》くことすら許されない。

だからこそ、最後に、言いたいことがあった。

小春亭の若草色の暖簾を潜る。暖簾と同じ若草色の前掛けをした小女たちの中から、少しくせのある可愛らしい後れ毛を見つけ出す。

こちらから声をかけるよりも早く「いらっしゃい！」と、はつの明るい声が響く。

その潑剌《はつらつ》とした姿に目礼だけして、いつもの桟敷に向かった。木漏れ日の落ちる床几に、今日は、捩花《ねじばな》の薄桃色の花が飾られていた。

「すみれの花は、もう終わってしまって」

その声に振り返ると、はつの笑顔があった。

「あの場所は、今ではもう、捩花が咲いていますよ」

菖三郎は「そうか」と捩花を見やって言った。

「季節は、止まってはくれぬのだな」

その言葉に、はつが小首をかしげる。

白いすみれの花が揺れていた川岸に、捩花が咲いている光景を思い描く。空に向かって薄桃色をした螺旋《らせん》の小花を咲かせる捩花。その花を摘《つ》む、はつの姿を想った。

あの場所に行きたい、という言葉を、そっと飲み込んだ。

はつは「いつもの餡団子でよろしいですか？」と尋ねた。

今日の茂七は、口を挟もうとしない。茂七なりの気遣いを感じながら、菖三郎は言った。

「ああ、よろしく頼む」

はつは「はい！」と笑顔で店の奥に行く。その後ろ姿を見ながら、ぽつりと言った。

「ままならぬものだな」

菖三郎は目を閉じて、吹き抜ける川風を頬に感じ取る。

次兄の亮之介が書物奉行の婿になった時は、羨ましくて仕方がなかったのに。

どこかの家に婿へ入る縁を得ることが、どんなに恵まれていることか。それは、わかっている。だけど、婿入りの話が決まった途端、思わずにはいられない。

旗本の家に生まれていなければ、と。

見初《みそ》めた人を想い、心を通わせ、一生を添い遂《と》げることが、できたのかもしれない。

何を考えるでもなく、何をするでもなく、ただ、鳥の囀りや、吹き抜ける風や、葉音や花の色を感じる。その、生きていく上で何の役にも立たないひと時を、一緒に過ごす人が、はつであってほしかった。

「お待たせいたしました」

はつの声で、菖三郎は目を開いた。

はつが、床几に餡団子を載せた皿とお茶を並べる。それを見ながら、菖三郎は言った。

「これが、最後だ」

その言葉に、はつの手が止まる。

「この店を訪ねることができぬ理由《わけ》ができたのだ」

「え……」

「ゆえに、俺は、生涯、団子は食べぬ」

菖三郎は、はつを、見つめた。

「そのくらい、好きだった」

これが、菖三郎が口にできる、最初で最後の、想いだった。

＊

霧雨は、もう間もなく、やむのだろうか。

淡く白い庭が、明るくなったように感じられた。茂七の話を最後まで聞いた綾は、黙したまま庭を見ていた。

話を終えた茂七は、穏やかに言った。

「長々と話してしまいました。お粥も冷めてしまいましたな」

綾は、いいの、と小さく首を振った。

父の優しさに、せつなくなる瞬間があるのは、なぜなのか。

「おや、綾様、どうなさいましたか」

うつむいてしまった綾を、茂七が困惑したように窺う。

その時、思いがけず廊の向こうから声がした。

「相変わらず余計なことばかり言いおって」

驚いてそちらを見やれば、いつからいたのか、菖三郎が立っていた。熨斗目紋付《のしめもんつき》の小袖に裃《かみしも》を着けた姿は、城から帰ってすぐに、綾の居室を訪ねたことを示していた。そのまま、菖三郎は綾の方へ歩み寄ると、茂七を軽く睨む。

茂七は「成り行きでつい」と肩をすくめるが、それほど悪びれた様子はない。

菖三郎は綾の前に座ると、案ずるように額《ひたい》に手を当てた。

「まだ、微熱があるな。後で、薬を煎《せん》じさせよう」

菖三郎は、優しいまなざしを向けてくれている。それなのに、このまなざしが、言いようがないほどに寂しさを湛《たた》えているように見えるのは、きっと、今も、遂《と》げられなかった想いを秘めているからではないだろうか。

父、菖三郎の姿が滲んで見えるのは、微熱に潤んだ目のせいなのか、それとも……。

黙ったまま菖三郎を見つめる綾に、菖三郎は「どうした?」と問う。

「父上は、恋しい人が、お心にいるということでしょう? 母上よりも、想う人が」

綾の言葉に、菖三郎は、戸惑《とまど》うように額から手を離した。

「父上は、意に添わぬ婿入りを受け入れるしかなかったのでしょう？　きっと父上は、本当は、母上のことも、私のことも……」

「それは、違う」

綾の言葉を、菖三郎は優しく遮った。そうして改めて向き合うと、諭《さと》すように言った。

「いいか、綾。なんというか……恋することと、慈《いつく》しむことは、違うのだ」

「どういうことですか？」

「それは……」

菖三郎は言葉を探すように間《ま》を置く。そこに、すかさず茂七が言った。

「綾様のような、可愛らしい姫様が生まれているのが、何よりの証にございましょう」

茂七の言わんとすることが摑みきれずにいると、菖三郎は「また余計なことを」と茂七を黙らせる。

そうして「慈しむということは、そうだな」と言って、大きな両手で綾の頰を包み込む。

「来年は、また三人で花見に行こう。つまりは、そういうことだ」

その微笑みに、綾の目から涙がこぼれ落ちた。菖三郎は驚いたように言う。

「泣くほど、花見に行けなかったのが悲しかったか」

ははは、と笑った菖三郎に、綾は、こぼれ落ちる涙をそのままに言い返した。

「違います、悲しいのではありません」

楽しみにしていた花見に行けなかったから、泣いているのではない。だけど、どうして涙があふれて止まらないのだろう。

こんなに胸の奥があたたかくなる涙は、生まれて初めてだった。

落猿

朝井まかて

青磁《せいじ》の水滴を持つ手が止まった。

「町方《まちかた》と刃傷《にんじよう》沙汰《ざた》を起こしたとな」

右手を下ろし、掌《てのひら》の中のそれを文机《ふづくえ》の上に戻す。

「さきほど、大組士《おおぐみし》の者が上役と共に参りまして」

藩士が起こした刃傷沙汰の注進に訪れたのは、補佐役の野口直哉《のぐちなおや》だ。二十歳《はたち》を少し過ぎたばかりの若者で、配下についてまだ一年を経ていない見習である。

筆洗《ひっせん》で筆の墨を落とし、文箱《ふばこ》に戻した。ゆるりと膝《ひざ》を回し、野口と相対する。

手焙《てあぶ》りを一つ置いただけの小間であるのに、野口は蟀谷《こめかみ》に汗を光らせている。しかも顔は蒼白《そうはく》だ。

気を落ち着ける時を与えてやったにもかかわらず、まだ動転が露《あら》わではないか。

「委細を申せ」

「小堀弥助《こぼりやすけ》が申しますには、町人との喧嘩《けんか》で数人に手瑕《てきず》を負わせ、そのうち一人を死なせたようにござりまする」

黙って先を促した。白く乾いた唇《くちびる》がまた動く。

「そもそもは、泥酔した町人らが五人ほどで絡んできたとのこと。小堀はそれをいったんは捨て置いて行き過ぎましたが、背後から腰抜けなどと暴言を吐かれ、さらには羽織の袖《そで》を引いて肩を小突くなどされましたゆえ、やむなく抜刀したと申しております」

「いつだ」

「昨晩と聞きました」

「昨晩の、何刻《なんどき》だ」

野口は言い淀《よど》み、突き出た咽喉仏《のどぼとけ》を動かした。

「そこまでは申しませんでした。ただ、昨晩と」

「いずこだ」

「確か、九段坂下《くだんざかした》辺りと」

「時も場所も曖昧《あいまい》だの。聞番《ききばん》たる者、当人の申し立てをしかと聴き取らねば、吟味《ぎんみ》のしようがあるまい」

奥村理兵衛《おくむらりへえ》が江戸留守居役《るすいやく》を勤める八作藩《やはぎ》は石高七万五千石、大藩でも小藩でもなく、藩主、小久保但馬守忠興《こくぼたじまのかみただおき》公の官位も従五位下《じゅごいのげ》、千代田城の殿中席においてもまさに中堅どころの大名だ。

留守居役は「聞番」、時に「聞役」とも呼ばれる。公儀や諸藩大名家の動向から市中の些事《さじ》に至るまで、さまざまな種を収集するからだ。各種の法令と先例に通じ、藩外とのあらゆる交渉《かけあい》に携《たずさ》わる。相手は諸大名家の同役、時に公儀役人にも及ぶ。

「その耳、何のためにつけておる」

蒼褪《あおざ》めていた頬《はお》に、さっと朱が散った。顔の忙《せわ》しい男だ。まだ何も会得《えとく》しておらぬくせに、叱責されるとすぐに色をなす。近頃の若い者はと内心で呟《つぶや》きそうになって、鼻から息を吐いた。

理兵衛が留守居役を拝命して、二十年になる。配下には長年組んでいる補佐役が二人、書役《かきやく》は四人を使っている。逐一指図《ちくいちさしず》をせずとも、阿吽《あうん》の呼吸で事を進める熟練揃《ぞろ》いだ。だが藩の上層部は、この野口を理兵衛にあてがった。上士《じょうし》の家柄であるので仕事を学ばせ、いずれ聞番の後継にしようとの肚積《はらづ》もりであるらしい。

八作藩の上士と下士《かし》の格違いは甚《はなは》だしく、御役や婚姻においても厳しい垣根がある。理兵衛は下士の家の出でありながら、今の御役に就いた。異例の「役成《やくな》り」であった。家格のみならず、目の前の野口とさほど歳の変わらぬ、二十五歳の若輩《じゃくはい》だったのだ。忠興公の父君《ふくん》、先代藩主による抜擢であった。

「御留守居役」

ゆるりと顔を戻した。

「町人の側に非があることは、明白にござります」

何を言いたいのかは察しがつくが、黙って見返すに止《と》める。

近頃、つくづくと思う。人を育てるとは、こちらから働きかけることではない。相手が自ら動くのをひたすら待つ、その堪忍がほとんどだ。

野口は首を傾《かし》げ、蟀谷をしきりと手の甲で拭《ぬぐ》う。これも良くない癖《くせ》だ。交渉の場でかようなさまを見せれば、よほど自信がないのだろうと相手に見切られる。

野口はしばらく俯《うつむ》いていたが、唐突に顔を上げた。

「喧嘩の次第を、間近で見ておった者がおります。飛脚問屋の手代と口入屋《くちいれや》の主《あるじ》、通りに面した水茶屋の女、この三人にござります」

一気に、吐き出すように述べ立てる。

「御留守居役。此度《こたび》は無礼討《ぶれいう》ちにて、小堀弥助は構い無しとの仕置《しおき》でよろしゅうござりましょうや」

武士が町人や百姓と喧嘩沙汰を起こした場合、その次第によって仕置が異なる。

当方が泥酔、あるいは乱心して無辜《むこ》の者を斬ったとあらば、斬首の刑に処さねばならない。武士の命と庶民の命に軽重《けいちょう》はないのだ。

一方、武士の面目《めんもく》を不当に損なわれ、やむなく手に掛けた場合は「無礼討ち」が認められる。つまり、当人の咎《とが》は問われない。ただし、町人に法外の振舞いがあったこと、その成り行きを見聞きし、証してくれる者がおること。この二つが揃わねば無礼討ちは成立しない。当人がいかほど町人の無体《むたい》を言い立てたとて、それを証言してくれる者がなければ、ただの人殺しだ。相手に非があっても、仕置は切腹となる。

それが天下の御法度《ごはっと》だ。諸藩は各々の法によって藩士、領民を治めているが、武家にかかわる検断は棟梁《とうりょう》たる徳川《とくがわ》家の諸法度に従っている。

「しかるべく」

諾を下すと、野口は首を前に伸ばすようにして安堵《あんど》の息を吐いた。

「後の手順は弁《わきま》えておろうな」

野口は理兵衛の下した仕置案を補佐役に伝え、書役は形式に則《のっと》って「伺書《うかがいしょ》」を作成し、重臣らに提出する。当藩に限らず、江戸屋敷の外とかかわりのある事件、案件については聞番がまず調べを入れ、案を作成するのである。重臣らに異存がなければ書状に付箋《ふせん》が付いて差し戻されるが、藩士一人が起こした無礼討ちなど誰も気にも留めぬ。

これで一件は落着だ。

手焙りを引き寄せて手をかざしながら、野口に訊《き》いた。

「小堀とは、昵懇《じっこん》の間柄であるのか」

「は。いいえ。面識がある程度にござりまする」

またも白い顔をして、曖昧な返事をする。

理兵衛は溜息《ためいき》を一つ落として、指図した。

「江戸町奉行と、御老中宛ての届も用意するように」

そろそろ昼刻が迫っているので、口早になる。この後、衣服を改めて外出《そとで》せねばならない。懇意にしている幕閣の役宅に機嫌伺いに参上し、その足で他藩の屋敷をいくつか訪ね、その後は新吉原《しんよしわら》で聞番の寄合だ。

「御老中は、皆様にでござりましょうか」

「月番の御方だけでよい。それと、諸家への廻状《かいじょう》の用意も忘れるでないぞ」

江戸の聞番は商人の「仲間」のようにいくつかの組を作っており、知り得た種を書状にして互いに廻し合っている。むろん此度《こたび》のように自藩で起きた沙汰も隠すことなく、形式通りに記して報《しら》せるのが慣《なら》いだ。下手に隠し立てをするより実《まこと》を逸早《いちはや》く開陳《かいちん》する方が、つまらぬ煙が立たぬ。

「御家老へのご報告は如何《いかが》致しましょう」

「書き上げた届の写《うつし》をお持ちする際でよい」

「手前からのご報告でよろしゅうございますか。それとも」

野口は先輩の補佐役の名を口にしたが、理兵衛は「その方がお伝えせよ」と答えた。

「不要な夜歩きは控えよとの触れを重ねて発していただくよう、お願いしておけ」

この江戸屋敷の塀内に並ぶ長屋には、およそ千人の藩士が暮らしている。藩主が在府の折は国許《くにもと》からさらに数百人が供をするので相部屋の人数は膨《ふく》れ上がり、まさに人が犇《ひし》めく。

定府《じょうふ》の藩士は妻女や母親を国許から呼び寄せて町家に住まわせたり、長屋で共に暮らしている場合もあるが、ほとんどが理兵衛のように単身だ。夜間は出歩かぬよう、大酒を過ごさぬようといかほど戒めても、大なり小なりの不祥事は絶えない。

かといって締めつけを厳しくすれば鬱憤《うっぷん》が溜まり、今度は家中で刃傷沙汰を起こす。ことに下士の中でも身分の低い侍が住む二階建て長屋は、ひどく手狭だ。気の合わぬ者同士が相部屋となれば、すぐに刀を引っ摑《つか》む。今年の春も「物言いが気に喰《く》わぬ」と相手の額《ひたい》に斬りつけ、周りを巻き込んでの大喧嘩となった。二人がその場で絶命し、三人が切腹、五人が召し放ちだ。

まったくもって、大きな心得違いである。他人の言い分に耳を貸さず、己《おの》が沽券《こけん》ばかりを守りたがる。命の使い方を、間違《まちご》うておる。

「それから」理兵衛は手焙りを膝の脇に移した。

「殿へのご報告だが」

「は」と、野口はまたも頰を強張《こわば》らせる。

「私から書状を差し上げておくと、御家老にお伝えせよ」

主である忠興公は国許で、上府は来年の四月の予定だ。「かしこまりました」と、野口は一礼をしてから立ち上がった。躰《からだ》を回し、片膝をついて障子を引く。

その後ろ姿から目を剝《は》がし、理兵衛は独り言《ご》つ。

かようなこと、殿に報せるわけにいかぬではないか。

忠興公は若い時分から癇癖《かんぺき》が強く、三十半ばになった今でもひとたび激すると手がつけられなくなる性質《たち》だ。此度の刃傷沙汰を報せれば目を剝《む》き、「不念《ぶねん》の儀」を言い立てるだろう。小堀はほぼ間違いなく切腹を仰《おお》せつかる。国家老にはそれを宥《なだ》め、抑える力がない。

目撃した者が三人もいたことで、小堀は命拾いをしたのだ。せっかく拾ったものを、むざと捨てさせずともよい。

ゆえに理兵衛は己の一存で、忠興公に報せぬことを決めていた。

いずれ耳に入ることにはなろうが、叱責を受けても論破する自信はある。額に青筋を立てた殿に向かって、私はこう申し開くだろう。

何よりも避けたかったのは、悪《あ》しき「先例」を作ってしまうことにござります。小堀を切腹させれば、向後、正当なる無礼討ちであっても、皆々、腹を切らねばならぬことに相成りましょう。これは天下の御法度を乱す元にて、御公儀の不興を買いかねぬ仕儀にござりまするぞ。

忠興公は短気ではあるが、危ない橋は渡らない。すなわち慎重、言い方を変えれば小心な面がある。

執務部屋への廊下を行く野口の足音に向かって、理兵衛は呟いた。

聞番を侮《あなど》るな。

刃傷沙汰を起こした大組士、小堀弥助は「面識がある程度」の仲ではなく、その方の幼馴染《おさななじ》みではないか。

最初から念頭にあったわけではない。あの取り乱しよう、理兵衛が口を開くたび躰を緊張させるさま、そして曖昧な返答で気がついた。野口、小堀の両家は遠戚関係にあり、父親同士は俳諧《はいかい》仲間であったはずだ。小堀、野口の両人ともこの江戸屋敷の長屋で生まれ、共に育った。

二十年前、理兵衛が国許に妻を置いて江戸に入った夏、二、三歳の子供が一つの盥《たらい》で行水《ぎょうずい》をしていた。その二人が野口と小堀であったかどうかは知らぬ。ただ、双方の父親がそのかたわらで立ち話をしており、理兵衛は上士に対する礼に従って頭を下げた記憶がある。

蟬《せみ》の声が降るようで、空には目に痛いほど白い入道雲が湧いていた。

理兵衛はあの夏から、一度も国に帰っていない。

野口。ただ案ずるだけでは何も守れぬのだぞ。早《はよ》う、一人前になれ。

凝った首を回し、肩に掌を当てて少し揉んでから手を打ち鳴らす。まもなく伊蔵《いぞう》が顔を出した。長年仕えている家来で、共に江戸に出てきた。所帯を持たぬまま七十近い歳になっている。

「昼餉《ひるげ》の用意ができてござりますが、もう出られまするか」

「また、漬物と大根汁か」

行きがけに、茶店で餅《もち》でも喰おうかと思いつく。

「それが、国許から河豚《ふぐ》の干物が届いておりますのじゃ」

「なら、喰う」

伊蔵は白眉を下げ、婆《ばあ》さんのように肩をすぼめた。

「江戸が長いと、こうも口の奢《おご》ったことを申されるようになりますかな」

「説教は明日聞くから、早う河豚を炙《あぶ》ってくれ」

羽織の紐《ひも》を解きながら、急《せ》かした。

隅田川《すみだがわ》を行くと、これは櫓《ろ》を漕《こ》ぐ音か、それとも冬鳥の鳴き声か、わからなくなることがある。

酒を含みながら、多田佐右衛門《ただざえもん》がそんなことを口にした。

「風流だが、聞番としては拙《つたな》い耳だの」

多田に並んで坐る土屋五郎《つちやごろう》がからかうと、多田は大仰に眉を上げる。

「雪見舟の中くらい、御役の仕儀は忘れさせろ」

両人とも同じ組に属する聞番仲間で、ことに多田の奉公する江戸屋敷は八作藩のごく近くの駿河台《するがだい》にある。石高は三万石と八作藩より低いものの、藩主の官位は従《じゅ》四位下侍従《しいのげじじゅう》、殿中席も忠興公より上位だ。

大名の格は石高のみで決まるわけではなく、徳川家、とくに権現様《ごんげんさま》との縁の深さと家の由緒がものを言う。とはいえ、武田信玄公《たけだしんげん》の流れを汲む武門の本流であっても、時の将軍の勘気を蒙《こうむ》って領地を半減された例は枚挙《まいきょ》に暇《いとま》がない。

「いつも忘れておるではないか。茶屋寄合でも、存分に羽目を外しておるくせに」

揶揄《やゆ》した土屋の藩は、石高、官位共に八作藩とほぼ同等だ。

理兵衛は歳の近いこの二人と馬が合い、時々、妓楼《ぎろう》や料理茶屋で開かれる定《き》まりの寄合とは別の場で酌《く》み交わしている。もっとも、互いに激務であるので口約束に終わることも多い。今日も多田からの急な誘いで本来なら断るところであったのだが、面談の約束を取りつけていた旗本の都合が悪いとの報せが来たばかりだった。

馴染みの船宿で二人と落ち合い、芸妓《げいぎ》を連れてこの屋根舟に乗った。

「あら、また花月楼《かげつろう》に繰り出しなすったんですかえ」

裾《すそ》を曳《ひ》きながら土屋の左に回って酌《しゃく》をするのは、芸妓の大雪《おおゆき》だ。本当の源氏名は他にあるのだが、妹分の小雪《こゆき》が美貌で名を売り、その姉格としていつしか大雪と綽《あだ》名《な》されるようになったという。

「廓《なか》にばかり。たまには、わっちらと遊んでくださいましな」

「だからこうして呼んでおるではないか。だいいち、うちの親分が花月楼の太夫《たゆう》に肩入れしておるのだ。拙者《せっしゃ》らは逆らえぬ」

御役の仕儀は忘れたいと言っておきながら、多田は有体《ありてい》に口にする。親分とは、江戸留守居役組仲間の老輩を指す隠語だ。狷介《けんかい》な古狸《ふるだぬき》で、理兵衛が着任したばかりの時分は新入りへの当たりもそれはきつかった。馬鹿話に明け暮れて重大な種は何も明かしてくれず、愛想笑いに疲れた理兵衛は酒を強要されてよく潰された。目が覚めたら、座敷に一人取り残されていたこともある。

藩士はいずこでも外泊が禁じられているが、聞番はいつどこで夜を過ごそうが不問とされている。役目上、事が出来《しゅったい》すれば夜半でも駕籠《かご》で走ることが多いゆえだ。それにかこつけて、仲間内の寄合では夜通し遊興に耽《ふけ》る。むろんその費《つい》えは藩が支払う。理兵衛でも月に二百両を認められているが、親分などは藩から千両も引っ張っているとの噂《うわさ》だ。

何年前だったか、聞番のこの遊興三昧《ざんまい》が公儀の知るところとなり、「武士にあるまじき」と寄合を禁じられたことがあった。おかげで新吉原の仲之町《なかのちょう》に砂塵《さじん》が舞うほど寂《さび》れたが、まもなく寄合が復活して隆盛を取り戻した。

先に音《ね》を上げたのは、主である大名らであった。従前であれば聞番仲間を通じて摑めていた諸藩の動向が、寄合の禁止によって耳に入らなくなったのだ。どの大名がいつ江戸に入り、いつ国許に帰るか、どこで後継男子が生まれ、どの家の隠居が亡くなったか。これらの種が入らねば、武家にとって最も肝要の礼を欠く。

さらに、殿中での拝謁《はいえつ》儀礼や献上物の種類と献上の作法、坐す席にも煩瑣《はんさ》な取り決めがあり、聞番は先例を引きながら仲間にも問い合わせる。登城の際の衣服でさえも、その日の儀式の種類と大名の官位によってそれは細かなしきたりがある。

大名らは談合のうえ公儀筆頭老中に掛け合い、つまり泣きついて、寄合禁止は骨抜きとなった。

「親分乾分《こぶん》は、舟と棹《さお》。棹がおらねば舟は進まず、舟がおらねば棹はただの棒切れ」

大雪は長唄めいた節をつけて、多田と土屋を笑わせる。暗に、大名と家臣になぞらえて唄《うと》うているのだ。四十前の大年増のうえ顔立ちも人並みだが、この聡《さと》さと座持ちの良さで人気が衰えないのだろう。

理兵衛は新参者であった頃、この大雪に助けられたことがある。件《くだん》の親分や先輩らにひどく呑《の》まされて、それでも盃《さかずき》を断るなど許されるわけもなく、雪隠《せっちん》で吐いてはまた座敷に戻るを繰り返した夜があった。座敷では平気を装っていたが、大雪は気づいたのだろう。酌をする真似《まね》だけをしてその場を凌《しの》ぎ、しかもいつのまにやら湯を入れた銚子《ちょうし》を用意して注いでくれた。

「水よりも湯の方が、明日が楽にございます」

そっと耳打ちをした。翌日は登城する予定であったので、有難い助け舟だった。

大雪は立ち上がり、剽軽《ひょうきん》に踊り出す。

「よッ、大雪ッ」

「わっちの名は、ほんとは桃香《ももか》なんですけどねえ」

多田と土屋が「名前負けが過ぎる」と、また囃《はや》し立てる。

そういえば、いつのことだったか、大雪から「妾《めかけ》をお持ちにならないんですかえ」と訊かれたことがある。理兵衛が国許に全く帰っておらず、妻とはとうに破《は》鏡《きょう》していることをどこかで聞いたらしかった。

去り状を書いたのは七年前だ。ほどなく、再嫁《さいか》したとの噂を聞いた。

「妻女と添い遂げられなんだものを、妾を持つ器量など持ち合わせておらぬ」

正直に打ち明けた。派手な遊興で知られる聞番だが、こと奥村家の懐《ふところ》について言えば決して楽ではない。御城の御坊主衆や幕閣の用人、旗本、大奥に詰める役人とも密かな交誼《こうぎ》を結んでおり、彼らへの付届《つけとどけ》は自らの俸禄から用意する場合が多い。つまり妾宅を構える金子《きんす》や手当は、どこからも捻出できぬ。

「あら、残念。わっちは如何《いかが》でござんすかと掛け合うつもりだったのに、逃げられた」

大雪はふうと鼻から息を吐いて、笑っていた。

「どうぞ」

声を掛けられて左に目をやれば、妹分の小雪が銚子を傾けていた。盃を持ち上げて酌を受ける。見慣れているはずであるのに、見蕩《みと》れるほどの横顔だ。しかし話はろくにできず、三味線と踊り、唄も一向に上達しない。いずこかの聞番が「飾って眺める女だ」と言ったそうだが、確かに人形のごとくだ。

三味線の音がする。大雪は屋形の後尾に移っており、渋くこなれた声で長唄を始めた。舟はゆるりと隅田川を上る。

多田は耳を澄ますように目を閉じ、しばし拍子《ひょうし》を取っていたが、つと理兵衛に顔を向けた。

「そういえば先月、喧嘩沙汰があったそうだの」

廻状で知った一件を、ふと思い出したような顔つきだ。

「無礼討ちで落着したのだろう」

土屋が後に続く。理兵衛は「ん」と頷いて返し、詳細は口にしない。さして珍しい事件ではなく、この二人なら大方の察しがつく。

「じつは、当家もやらかしおった」

多田が盃を持ち上げたので、土屋が「江戸か、国許か」と注いでいる。

「国許、しかも百姓らだ」

多田は一気に呷《あお》る。

「百姓か」

「発端は、隣藩との境《さかい》の入会地《いりあいち》で起きた諍《いさか》いだ。相手方の百姓を鍬《くわ》や鋤《すき》で撲《なぐ》って、瀕死《ひんし》の怪我を負わせおった」

「死人は」土屋が訊く。

「出ておらぬが、相手方が意趣返しに及んできた。村を夜襲しおったのだ。松明《たいまつ》の火が馬小屋に移って、三頭、焼け死んだ。知っての通り、馬は畑仕事にも年貢納めにも使役する。大事な身上《しんしょう》だ。このままでは捨て置けぬと村は総出で土塁《どるい》を築き、納屋から古い槍《やり》を持ち出した」

「まるで戦支度《いくさじたく》ではないか」

土屋が真顔になった。

世が泰平になる前は、いざ戦となれば百姓の二男、三男が俄《にわ》か武士となって野山を駈けたのだ。その頃に戦功を挙げて家臣に取り立てられたという家は、諸藩いずこでも珍しくない。江戸近在の者らのように泰平に飼い馴らされず、いざとなれば荒ぶる百姓らは諸国にまだ残っている。

「難儀であるのは、家中の者らまでが昂《たか》ぶっておることだ。どうやら、隣藩も同様であるらしい」

「隣藩とは、川俣《かわまた》藩か」と、土屋が声を潜めた。

多田の国許は三つの藩と地続きだ。多田は「いや、東だ」と方角をのみ答え、目だけを動かした。大雪は低く三味線を搔《か》き鳴らし、小雪はそのかたわらに移って酒の燗番《かんばん》をしている。玄人《くろうと》の女ゆえ口は堅いが、用心に越したことはない。

理兵衛は膳の上に盃を戻し、多田を見やる。

「東はどう申しておる」

「それが、話にならぬのだ。向こうは旦那が代替わりしたばかりでの。家臣に侮られまいと思うてか、一歩も引くことならぬなどと息巻いておるらしい」

旦那とは藩主を指す、これも隠語だ。

「ゆえに、話し合いの場につこうとせぬ」

「拙《まず》いな」土屋が眉間に皺《しわ》を刻み、多田も「拙い」と繰り返す。

家中が万一、国境《くにざかい》で事を構えれば、諍いでは済まない。武士同士のそれは

「戦」と看做《みな》され、次第によっては両藩とも改易《かいえき》だ。

「そこで、だ」と、多田は声を改めた。

「百姓らに説いて、御公儀評定所《ひょうじょうしょ》に出訴させようかと思う」

「事を公《おおやけ》にするのか」

「いかにも。藩の面目は丸潰《まるつぶ》れになるが、取り潰されるよりはましだ」

冷たい風が流れて、頰を行き過ぎる。小雪が窓障子を少し開けて、外を眺めている。川面《かわも》に大きく枝を伸ばす首尾《しゅび》ノ松《まつ》が見えるので、そろそろ御厩《おうまや》河岸《がし》か。

理兵衛は顔を戻し、声を低めた。

「早計に過ぎるのではないか。内済の手立てを探るが肝要だと思うがな」

諸藩で起きたことは互いに話し合って解決する「内済」が、幕藩政治の根幹である。その評定を公儀に持ち込めば、たとえ改易を免れても、自国を治める力がないと天下に触れるようなものだ。

諸方から侮られることほど、怖いものはない。日々の遣り取りに影響するからだ。公儀役所への問い合わせは放置され、権勢のある幕閣からは遠ざけられ、徒労《とろう》ばかりの普請《ふしん》を仰せつかる。やがて肩身の狭くなった藩主は殿中席で儀礼を間違って恥をかき、誇りを失った藩士は他国に出奔する。

「面目を失うことは、一国の崩れの始まりだぞ。それを防ぐために、我らがおるのではないか」

聞番が揮《ふる》うべき大小は、腰に差している得物《えもの》ではない。種の収集とその見極め、そして相手を説き伏せる言葉だ。

理兵衛はさらに言い継いだ。

「先方の聞番に、今一度、掛け合うてみてはどうだ」

その男の顔と名は、もう頭にある。

「奴さんにとっては、当方の屋敷はいわば敵陣だ。出向いて来ぬ」

「おぬしが向こうの屋敷に足を運べばよい」

「拙者が折れるのか」

「折れると決まったわけではない。内済せねば双方が危《あや》ういと、敵陣で説けばよいだけのこと」

「おぬし、同伴してくれぬか」

釣りにでも誘うような気軽な口振りである。

「間に立て、と」

「おぬし、東の先代から水滴を賜《たまわ》ったことがあろう」

淡い碧《みどり》の光が泛《うか》んだ。

その水滴は、多田の言う「東」の先代がまだ藩主であった頃に賜ったものだった。

当時、先代は京より下った武家伝奏《てんそう》への饗応《きようおう》を公儀より仰せつかっていたのだが、低頭して教えを請うべき高家《こうけ》への挨拶《あいさつ》に手違いがあり、臍《へそ》を曲げられていた。難渋した「東」の聞番は、理兵衛の許に相談に訪れた。仔細を聞くうちに頭を過《よぎ》ったのは、ある古い事件だ。

西国《さいごく》の大名が何を恨んでか、殿中の松之廊下《まつのろうか》で高家の主に斬りつけたのである。当人はむろん切腹、その藩は取り潰しだ。ところが浪士となった家臣らが後に高家の屋敷に押し入って首級《しるし》を上げたことで世間は「主君の無念を晴らした仇討《あだう》ち」として持て囃し、芝居にまでなった。

だが理兵衛ら聞番の間では、自戒を込めた逸話として語り継がれている。西国の藩の聞番が高家の同役とうまく誼《よしみ》を通じておれば、おそらく何も起きなかったはずなのだ。不要な争いを回避するためにこそ、聞番は存在する。

理兵衛は、しかるべき品と詫《わ》びの作法を指南した。そして「東」の先代は無事に任を果たせた礼として、水滴を贈ってきた。

「おぬしの口添えがあらば、東の先代に目通りできる。先代に事態を訴え、若旦那を説き伏せてもらう。紛争を和談内済に持ち込むには、その方法しかない」

「多田、どこで水滴の件を知った」

「向こうの聞番が、文を寄越しおった」

それで急に雪見舟かと、腑《ふ》に落ちた。

「拙者を担ぎ出すことにしたのは、どっちだ」

多田はにやりと、口の端を上げるばかりだ。

「おぬし、評定所に持ち込むと申したのは、わざとだな」

理兵衛が内済を強く勧めるのを承知で投げ掛けてきたのだ。しかし多田は素知らぬ体《てい》で、「冷えてきたの」と呟く。

「小雪、酒だ」

土屋も気づいてか、「図々しい男だのう」と呆《あき》れ顔だ。

「奥村殿の持つ縁を自藩の内済に使うのか」

あの水滴はいわば理兵衛の手札だ。いざという時のために取っておいた、先方への「貸し」だ。

「二つの藩がこれで救われる」

多田は飄々《ひょうひょう》としたものだ。まったくこの男らしいと、土屋と顔を見合わせて苦笑した。大仰に頭を下げぬところが憎めぬ。己の頼みを理兵衛は決して断らぬと、知っているのだ。

誰を信じ、誰の裏を掻くか。

聞番にとって、この見極めは最も難しい。

銚子を持った小雪が衣擦《きぬず》れの音を立てて場に戻ってくる。大雪が「あら」と、三味線の音を止めた。

「降ってござんすよ」

腰を上げ、窓障子を左右に開け放った。

川岸の向こうが一面の白だ。空を行く都鳥《みやこどり》だけが消え残っている。

桜が散って、俄《にわ》かに慌ただしくなった。

藩主、但馬守忠興公が無事に東海道を下り、江戸屋敷に入ったのである。

旅装を解いて早々に、入府の挨拶を言上《ごんじょう》しに登城しなければならない。その日にちと道筋を選ぶだけでも、理兵衛は聞番仲間に問い合わせの文を送る。

路上や殿中の大廊下で幕臣や他の大名と行き遭《あ》った際、その儀礼にも細かなしきたりがある。相手が誰であるかを判断するために、道を行く行列であればまず家紋で当たりをつけ、行列の体裁《ていさい》によってさらに家格に察しをつける。相手によってはこちらが道を開けて先方の行列を通し、その間、供の家臣らには蹲踞《そんきょ》させねばならない。しかし相手を見誤って格下の大名にかような礼をとれば自らを卑下したことになり、家格を貶《おとし》めてしまう。たちまち諸方から見下げられ、交際に支障を来《きた》すのだ。

殿中においても同様で、相手の面貌や装束《しょうぞく》を手掛かりとして、こちらから会釈《えしゃく》をすべきか受けるべきかを判断せねばならない。が、殿中では大名が供を引き連れて歩くことは許されていないので、背後からの耳打ちは不可能だ。そこで聞番はその日登城する大名や旗本を可能な限り調べておき、主が自身で察しをつけられるよう、家紋と風貌《ふうぼう》、名と家格を事前に言上しておく。

幸い忠興公は物覚えも勘働きも鋭く、これまで目立った失態は一度も演じていない。

今は大樹公《たいじゅ》に拝謁している最中で、ここ蘇鉄之間《そてつのま》では陪従《ばいじゅう》した他の聞番らも共に並んで各々の主を待っている。代替わりして間もない、あるいは何かと粗相の多い旦那を持つ者は気を揉《も》んで、正面の御屛風部屋《おびょうぶべや》の板壁を睨《にら》んだり咳《せき》払いをしたりと落ち着きがない。

しかし理兵衛は茶の一服を喫してから、おもむろに膝を立てた。忠興公の退出にはまだ半刻《はんとき》ほどある。蘇鉄之間を出てゆっくりと進み、大廊下に至る手前の部屋に入った。

御坊主衆の詰所である。中を窺《うかが》い、長年、懇意にしている妙阿弥《みようあみ》を探した。墨絵の松林図《しようりんず》が描かれた襖《ふすま》の前で、頭が動く。理兵衛に気づいて立ち上がり、摺足《すりあし》で近づいてきた。

理兵衛は入り口の戸襖《とぶすま》の陰に身を寄せ、妙阿弥を待つ。

「先だっては、大きに」

妙阿弥は公家の末流の生まれであるらしく、京訛《なま》りの言葉を用いる。理兵衛に告げた礼は、先日、干鮑《ほしあわび》を贈ったことを指している。格別の種を報せてくれた場合、節季《せつき》の贈物とは別に何がしかを届けるのが常だ。

御坊主衆は城内にあって、茶を供するなどの雑務を担っている。諸役人の詰所を行き来し、時に老中部屋にも出入りして諸奉行との間で交わされる文書を運ぶ御日記方の書役でもある。つまり公儀の事情に最も精通している衆だ。

理兵衛が短く挨拶をすると、妙阿弥は下膨れの顔を近づけてきた。互いの頰を寄せるがごとき恰好《かっこう》で、他の御坊主衆の耳に立たぬように声を潜める。各々、懇意の聞番がいるのは周知のことであるのだが、独自の種はやはり聞かれたくないものだ。

「もはやご存じよりかもしれませぬが、念の為」

妙阿弥はさらに顔を寄せてきた。衣に薫《た》きしめた香と口の臭いが入り混じる。

「近々、寺社奉行からお呼び出しがあるはず」

「寺社奉行」鸚鵡《おうむ》返しにして、理兵衛はすぐさま思い当たった。

「寺領《じりよう》の件であろうか」

「奈良より使者が参り、召し上げられた領地を何としてでも、八作藩から取り返したいとの訴えを起こす決意との由《よし》」

早晩、かような仕儀に及ぶだろうとは予測していたが、思ったよりも動きが早い。

八作藩に限ったことではないが、藩領の中に別支配の領地がある。奈良や京など由緒の古い寺社は徳川の世になる以前から諸国に領土を持っており、縮小されながらも「飛び地」で残っているのである。藩としては、己の庭先に持ち主の異なる茶庭を抱えているようなもので、これが何かと悶着《もんちやく》の種になる。

八作藩の場合は、度重なる飢饉《ききん》によって藩の財政が逼迫《ひっぱく》したことが契機だった。江戸、京、大坂の商人からの借銀が膨れ上がり、近いうちに利息銀も払えぬという事態に陥った。理兵衛がまだ国許にいた頃のことだ。

そこで前の藩主が、家臣からの思案を募った。理兵衛は藩の窮状についてかねてより思うところがあったので、意見書を認《したた》めて提出した。

――家臣の俸禄は、その二歩《ぶ》を藩が借り上げる。知行《ちぎょう》八百石以下の者と寺社からは知行地を借り上げ、その代償として年貢相当分の蔵米《くらまい》を支給する。

この理兵衛の「上知《あげち》」の思案が採用となって、藩は急場を乗り切ったのである。周囲の朋輩《ほうばい》らは己の手柄のように沸《わ》き立ったが、父祖伝来の知行地を藩に差し出すことになった上士らからは随分と恨まれた。

先祖に顔向けができぬ。

あくまでも借り上げであるので、いずれ返すことが前提となっている。しかしこれまで自身で差配してきた土地が藩の支配下になれば、「奪われた」と感じるようだった。

一方、理兵衛ら下士はほとんどが知行地を持たぬ家で、米だけを支給される蔵米取りだ。むろんそのうちの二歩は藩が借り上げて支給されないのであるから、暮らしは逼迫する。だが土地を差し出すわけではない。理兵衛としてはそこを勘案したわけではなかったが、「己の腹が痛まぬ意見書だ」と陰で非難された。

江戸留守居役に抜擢されたのは、そんな最中だ。理兵衛の身に何らかの危害が及ぶことを懸念しての措置だったのではないかと、何年も経ってから思い当たった。領土とは遠い江戸の方がまだ風当たりがましだろうとの判断か、理兵衛の姿を国から消し去ることで上士らの怒りをひとまず鎮《しず》めたかったのか。おそらく、その両方だろう。

江戸屋敷に入ったその日、立ち話をする上士に頭を下げても一顧だにされなかった。野口や小堀の父親らだ。むろん、最初は家老にもなかなか目通りを許されなかった。

妙阿弥は傾けていた半身を戻し、ほとんど口を動かさずに問うてきた。

「そもそも、奈良は上知に同意しはったのでありましょう」

「いいえ。同意はされておらぬのです。ただ、蔵米は大坂で受け取っておられる」

藩としては、それは「同意した」と解釈する。承服できねば、蔵米を受け取らねばよいのだ。奈良の寺領は石高七百石、そこから藩への年貢と二歩を差し引いて、毎年、三百五十石の蔵米だ。にもかかわらず、寺はその後、忘れた頃に「領地を返せ」と申し入れてくる。

先月、寺の使者がまたも江戸屋敷を訪れたので、家老と共に応対して突っぱねた。

これは、国中惣並之仕置《くにじゆうそうなみのしおき》にござります る。

藩内一律の処置であるのだ。一つでも特例を認めれば、上士らは必ず己らも知行地を返してもらえるのではないかとの希《のぞ》みを抱く。

「領地を召し上げられたゆえ、天下御祈禱《ごきとう》の護符の拵《こしら》えもままなりませぬと、御奉行に愁訴したそうにごわりまするぞ」

八作藩としてはいかに不作であろうと借銀に苦しもうと、その蔵米だけは遅延してこなかった。収穫がその石高に満たぬ年でも、大坂に送り続けた。

それを今さら「召し上げられた」とは、詐言《さげん》ではないか。

内心で吐き捨てた。しかし面《おもて》には出さず、妙阿弥に目礼する。部屋を出て行こうと踵《きびす》を返しかけると、黙って腕を引かれた。

「今ひとつ、ごわりますのや」

少し引き返し、妙阿弥の口を見つめる。

「先だって、北町奉行で捕物がごわりましてな。商家に押し込み強盗に入った一味で、何かと悪稼ぎをしておったようにごわります。さような下郎《げろう》は、牢内で己の悪事を披露したがるそうで」

　市中の出来事にまつわる話も聞番には大事な種だが、御坊主衆から聞かされるのは珍しい。

「その者らも小伝馬町《こでんまちょう》の牢獄で、奇妙なことを吹聴《ふいちょう》致しましたそうな。それが牢屋同心の耳に入り、町奉行所に報せが参ったので吟味をしたところ、白状致しましたのや」

　妙阿弥から出たその後の言葉に、理兵衛は総毛立った。

　扇子を閉じたり開いたりする音が続いている。

　寺社奉行は苛立《いらだ》っている。額に立てた青筋を見ても、それは明らかだ。

「奥村、評定所に持ち出させぬためにこうして内々に伝えてやっておるのだぞ。奈良は本気で訴える気だ。今なら間に合う。料簡《りようけん》して、返却致せ」

「ですから、先ほどから申し上げておりまする。あの寺領は、手前の藩の政策として国中一律に借り上げたもの。御奉行の御指図がなければ、返すわけには参りませぬ」

「それはならぬと、申しておる。あくまでも、但馬守殿が奈良の事情を斟酌《しんしゃく》して返却するという形を取るべきだ。考えてもみよ。但馬守殿の分別で行なえば寺は有難く拝むし、世評も上がる」

その手には乗らぬ。

「手前どもと致しましては、たとえ評定所に持ち出されても構いませぬ」

「貴藩の所業、天下に晒《さら》してもよいと言うか」

「事ここに至りては、覚悟の前にて」

奉行は唸《うな》り声を洩《も》らし、己の腿《もも》の上に扇子の要《かなめ》を打ちつけた。「奥村」と、目をすがめる。

「その方、勝てると思うてか」

今度は脅しをかけているつもりらしい。

「わかりませぬ。手前どもは神妙に、御公儀よりの御指図に従うのみにござりまする」

奉行は長息し、また扇子を鳴らす。

理兵衛は背筋を立て、奉行の肩越しに床の間の画を眺めた。

画面の上から下部まで深山《みやま》の滝が一筋に落ち、飛沫《しぶき》の勢いが伝わる筆致だ。が、手前には楓《かえで》らしき枝が横に大きく張り出し、猿がぶら下がって遊んでいる。すべてが墨の濃淡だが、猿の毛先一本にだけ朱が差してある。

面白いのは、枝に掛かっているのが猿の右手の指一本だけだということだ。この一瞬を危ういと感じる者もいるだろうが、猿の面持ちはどこか面白がっているふうで、左腕や両脚の線にも揺るぎがない。

画題は『深瀧落猿図《しんそうらくえんず》』と読めるが、理兵衛には「落ちそうで落ちない図」に見える。絵師の名はちょうど奉行の頭に隠れて見えない。

御坊主衆の妙阿弥からこの件について種を得たのは三日前で、昨日、寺社奉行の屋敷に呼び出され、今日も同じ押し引きを繰り返している。

家老からはすでに一任するとの諾を得ていた。そもそもが、理兵衛の上知案によって抱えることになった争いだ。家老としては己で始末をつけよとの考えもあるだろう。殿には儂《わし》からお伝えしておくと、家老はその話をすぐに打ち切った。

「御老中も、但馬守殿が内証で奈良にお返しなさるのが真っ当至極と仰せであるぞ」

奉行は、今度は老中を引っ張り出してきた。

「できかねまする。もしも我が殿が奈良に返してしまわば、国許の家中が黙っておりませぬ。それを盾《たて》に取り、知行地返却を訴え出るは必定《ひつじょう》にござりまする」

「ゆえに、内証でと申しておる」

「内証などあり得ませぬ。これまで送っていた蔵米を止めるのでござりますから、三月《みつき》と掛からず藩内に知れ渡りましょう」

「奈良を例外とすればよいではないか」

「一つ例外を作れば、それぞれが例外を主張して嘆願に及びます」

返すのであれば、「御公儀の命によって、此度は余儀なく返却せざるを得なかった」という形を取らねばならない。でなければ、知行を借り上げられた上士らの不満が燻《くすぶ》り続ける。

「しぶといのう」

「聞番にござりますれば」

理兵衛は見切っていた。

公儀は藩の政《まつりごと》に介入しない、これを長年の慣いとしている。評定所で「返却せよ」と命令を下すわけにはいかぬはずなのだ。その先例を作ってしまえば諸藩の悶着が公儀に持ち込まれ、天下の政の仕組みそのものを揺るがしかねない。

ゆえに奉行も老中も、「藩主の分別で、内証に返してしまえ」と説いてかかる。

「あくまでも、返却の儀は御公儀の御指図によること、これ以外は承服致しかねまする」

奉行は額と頬を絞るように目を瞑《つむ》り、すぐに押し開いた。

「本日はここまで」

背後で気配がしているので、用人が他用を知らせにきたようだ。奉行が忌々《いまいま》しさも露わに座敷から去るのを、理兵衛は平伏して聞いていた。

後日また呼び出され、同じやり取りをせねばならぬのだろう。しかし引き下がるつもりはなかった。交渉によっては互いの折り合う案を探すが、「できぬことは、できぬ」と突っ張らねばならぬ局面もある。

ここで折れれば、先祖に顔向けができぬと泣いた上士らに申し訳が立たない。

四月も末になって、江戸屋敷の山躑躅《やまつつじ》が次々と花を開いた。

庭師の丹精によって白に真紅、紫の木々が寄せ植えされ、優美な稜線を描いている。初夏の鳥が木々の梢《こずえ》で囀《さえず》り、池泉の水面に響き渡るさまが、書斎の文机に向かっていても目に映るほどだ。時折、そこに華やかな声が交じる。

今日は藩主、忠興公が親しい大名を招き、庭で宴を催している。互いの妻子も同伴で庭に出ているので、それぞれに従っている奥女中らの声が晴れやかにさざめく。

理兵衛の住居は屋敷の切手門《きってもん》に近い片屋《かたや》で、長屋ではない一軒が与えられている。他の御役《おやく》は邸内の長屋に住まって表御殿なり番所なりに出勤するのだが、家老と留守居役に限っては職住同邸だ。交わす会話も扱う文書も、藩にとって極めて機密性が高いからである。

補佐役と書役らは黒竹《くろちく》を植え込んだ坪庭の向こうの部屋で執務している。

理兵衛は配下の書役から回ってきた書状に目を通し、修正すべき点に筆を入れた。さらに聞番仲間からの問い合わせに返事を書き、先例を調べねばならぬものはそこに付箋をつけて補佐役に回すための文箱に入れていく。

「旦那様、よろしゅうございますかな」

障子の向こうで伊蔵の声がした。

「何だ」

「多田様がお越しにございます」

目を上げる。

「奥の六畳に通せ」

「かしこまりました」

文箱の蓋を閉めた。開け放った障子の向こうで、黒竹の葉が青々と揺れている。昨日は雨が降ったので幹の色も艶《つや》光りしている。さらにその先に、目を投げた。補佐役の二人はそれぞれ用向きで外出しており、書役らの姿は障子の陰だ。野口直哉の横顔だけが、そこにある。先例を引いているのか、文机に広げた何かを見ながら筆を動かしている。時折、顎《あご》を上げて目瞬《まばた》きをし、また視線を落として読み進める。

己の頭で考えながら仕事をしている、それが少しはわかる顔つきになった。物言いに逡巡《しゅんじゅん》する癖は相変わらずだが、補佐役らからは「呑み込みは悪うございませぬ」との報告を受けている。

「思うたよりも、早う仕上がるかもしれませぬぞ」

仲間内の茶屋寄合にもそろそろ同伴してやってはどうかと、二人とも口を添えてきた。補佐役は生涯、補佐役のままである。が、いずれ己の上役になる若者に気を注ぎ、守《も》り立てようとしている。

「そうだな。夏のうちに一度、連れて参ろう」

理兵衛はそう答えておいた。本心だ。本心ではあるが、例の件が明らかになるまではと自重してきた。多田佐右衛門の来訪によって、ようやくその懸念が晴れようというものだ。

奥に入ると、多田が胡坐《あぐら》を組んで茶を飲んでいた。黒釉《こくゆう》の茶碗に顔を埋めるようにして、上目で理兵衛を見る。

相対して腰を下ろすと、多田は茶碗を畳の上に戻した。

「調べがついたぞ」

「雑作《ぞうさ》をかけた」

「あいにく、黒だ」

多田らしく一思いに告げて寄越す。理兵衛はつかのま黙して、腕を組んだ。

「どちらだ」

「両人ともだ」

さすがに、目を剝いた。

多田は懐から切紙《きりがみ》を取り出し、畳の上に置いて差し出す。それを手に取り、目を通した。また笑い声が聞こえた。この座敷は書斎よりもなお庭に近いので、忠興公の声もする。上機嫌だ。

一読して、己の懐に仕舞った。「奥村」と呼ばれて顔を上げると、多田が一呼吸置いて言葉を継ぐ。

「水滴の借りは、まだ返しておらぬからの」

「いや、この調べをつけてくれただけで充分だ」

滅多な相手には頼めぬ。

「かようなことで返せる借りではないわ。おぬしが間に入ってくれたお蔭で、東と無事に内済できた」

「よせ。おぬしに神妙な顔をされると、山躑躅の庭に雪が降る」

軽く受け流すと、多田は真顔になった。

「死ぬなよ」

黙って見つめ返す。

「こんなことでおぬしが腹を切れば、悪《あ》しき先例になる」

「知れたことを」笑いのめした。

「少なくとも、拙者が借りを返すまで待て」

理兵衛はどうとも答えず、多田を送り出した。

まずは両人を吟味して仕置を決めなければならない。何から順に問うかと思案しそうになって、その前に奈良だと、考えを止める。

四月の初めには数日置きに寺社奉行から呼び出しを受けたが、半ばから急に音沙汰がなくなった。事態は膠着《こうちゃく》したままだが、こちらから出向くわけにもいかない。交渉事においては、先に堪忍袋の緒を切った方が不利だ。

また考えがあの両人に戻ってしまい、懐から切紙を取り出す。もう一度念入りに読んで目を閉じた。耳の底で水音が轟《とどろ》く。滝だ。そして指一本で枝を摑んでいるあの猿が、もう一方の手と足で空《くう》を掻いている。もがいている。

今日はなぜか、滝壺に落ちそうな気がした。


雨の中、駕籠《かご》を走らせて寺社奉行の役宅に向かった。二月半ぶりの急な呼び出しである。

「今日は蒸すのう」

奉行は寛《くつろ》いだ様子で脇息《きょうそく》に腕を預け、左の手でゆるりと扇子《せんす》を使う。しばし雑談をして、「先だっての寺領の件だが」と斬り込んできた。

「やはり内証で返却致せ。御老中、御三方も同じお考えだ」

「それはできませぬ」

いつものように討ち返したが、奉行は平然としている。

「但馬守殿は合点されたぞ」

　絶句した。

「先日、偶々《たまたま》殿中の御廊下で行き遭《お》うたので、見事な庭をお持ちだそうなと声を掛けたのだ。その流れで、此度の一件についても少々話し合うた。儂の考えを聞いて、但馬守殿は快く承服されたぞ。まことに聡明な御仁であることよ」

　殿中で会ったのは偶然ではないはずだ。御奉行は忠興公を待ち伏せ、呼び止めた。

　その場限りの取り繕《つくろ》いで、殿は言質《げんち》を取られた。それが命取りになりかねぬというのに。

　よもや己の主に足をすくわれるとは、思いも寄らなかった。

「明後日、評定所の寄合がある。奈良の使者らはそこにまた嘆願に参るようだ。その際、八作藩の正式な返答を伝えてやりたい。江戸での逗留《とうりゆう》が長引いて、御坊らも難儀を極めておるのだ。明日じゅうに良き思案を持って参れ」

「返却せよ」ではなく、「良き思案を」と言った。ということは妥協案だ。理兵衛の頭の中を透かし見るように、奉行は目を据えてくる。

「上知はあくまでも、借り上げであろう。年限を決めて返却することにしてはどうじゃ」

これはもう、誰かの知恵が入っている。御老中の指図か。

「奈良のみ、返却年を限るわけには参りませぬ。国中一律に借り上げたのですから、返す際も一斉でなければ仕置が乱れまする」

「他藩の例を調べてみたが、五、六年で返しておるではないか。貴藩は二十年ぞ。長過ぎる」

それらの藩は家臣らの不満に耐えきれずに返却したのだ。そしてその後、数年も経たずにまた上知を行なっている。あるいは、札差《ふださし》からの借銀で財政の不足を補っているに過ぎない。

しかし理兵衛は反論しなかった。我が主、忠興公に目通りを願うのが先決だ。

夜になってようやく許しが出て、表向《おもてむき》の御座所《ござしょ》に入った。

家老には屋敷に戻ってすぐさま報告したので、忠興公にもすでに用向きの主旨は伝わっているはずだ。ようやく現れた忠興公は、やはり立腹を隠そうともしない。

「強談判《こわだんぱん》も良いが、程が過ぎれば傲岸《ごうがん》ぞ。恥をかくのは儂じゃ」

冷たい目だ。

理兵衛は「殿」と、膝を前に進めた。

「当藩の借銀返済が完了するのは、いつの見込みにござりまするか」

ふいの問いに忠興公は答えられず、一段低い下座に控えている家老に目を移す。家老がさらに低い場に いる理兵衛に向かって、咳払いをした。そして上座に顔を向け直す。

「勘定方《かんじょうがた》によりますれば、あと五年と聞いております る」

忠興公は、理兵衛に「あと五年じゃ」と言葉を放った。

「ならば、今年から数えて五年の後に返却すると、年限を決めてもよろしゅうござりましょうや」

すると「致し方あるまい」と、なお不機嫌になる。さらには「それで良いの」と、家老に念を押す。奉行には合点したものの、「五年後」と返却が具体的になったことで、やっと藩が失うものが目に泛《うか》んだようだ。

「ただし年限を決めるに当たっては、毎年続けてきた蔵米は向後《こうご》五年間、止めることと致します。これが条件にござります」

理兵衛はそこで息を整え、声を低めた。

「そしてもう一案。年限を決めずに、藩が借銀を返済し終えた暁《あかつき》に一斉に知行地を返すゆえ、奈良の寺領もその際に返却。ただしそれまでは毎年、三百五十石の蔵米を支給致します」

後者は現状のままということだが、それは口に出さなかった。

「この二案を奈良に示しては、如何にござりましょうや」

「であれば、毎年、蔵米を受け取る案を取るのが尋常《じんじょう》だろう。知行地に代官を置く費《つい》えが要らず、不作の心配をせずとも、季節になれば労せずして蔵が埋まる」

「では、この二案を当藩の返答として御奉行にお預け申します」

作法違いではあるが、忠興公を真っ直ぐに見た。

「つきましては、御奉行への合点は撤回していただかねばなりませぬ」

「理兵衛。儂に、二言《にごん》を吐けと申すか」

またも、目の端が吊り上がった。

「撤回なされば、それは一言にござりまする。手前が段取りをつけまするゆえ、何とぞ」

理兵衛は拳《こぶし》を開いて畳の上に置き、頭を下げた。

奈良の使者らが江戸を出立《しゅったつ》する際、屋敷に立ち寄った。

寺社奉行の仲立ちによってようやく決着を見て、証文の判物《はんもつ》を渡したのである。

十日前、奉行が使者らと会う際、理兵衛は座敷の隣室に控えていた。最初、使者らが難色を示す声が聞こえた。

「五年後とは、遠過ぎまする。せめて三年にしていただけまへんやろうか」

ある声が言い、さらに別の声が「しかも」と続けた。

「それまで蔵米を止めるとは無体《むたい》なことや。あれは続けてもらわぬと、どうもならん」

使者ら同士で不足を言い立てた。奉行は黙って言い分に耳を傾けているようだったが、だんだん扇子を鳴らす音が忙《せわ》しなくなる。

「これでは、いっかな調停ができぬ。拙者は降りさせてもらう」

語尾が鋭くなった。

「評定所に訴訟を起こされても、これは八作藩の知行地争論ゆえ取り扱いはできかねまする。悪しからずご了承されたい」

おそらく奉行が立ち上がったのだろう、畳伝いに音がする。

「いや、お待ちくだされ」

使者らは狼狽《ろうばい》して、「今しばらく」と懇願した。そして、結句、使者らは毎年、蔵米を受け取る案を選んだのだ。

「毎年三百石を支給、借銀返済の暁には藩内と足並みを揃えて貴寺の知行地も返却させる。それで、よろしゅうござるな」

「諸色《しよしき》高騰の折柄《おりから》にございます。せめてあと五十石、上乗せしていただくわけには参りまへんか」

「相わかった。それは某《それがし》から口添え致して、承服させる」

忠興公と家老には「毎年、三百五十石」との了解を取り付けていたが、奉行には「三百石」と伝えていた。使者らにも奉行にも、立つ瀬が必要だ。

屋敷を訪れた使者らは初めは緊張を隠さなかったが、忠興公自ら庭を案内し、四阿《あずまや》では御令室が手ずから茶を点《た》ててもてなした。屋敷を辞する際にはすっかり胸襟《きようきん》を開いて打ち解け、忠興公に「国許にお帰りになる際には、ぜひとも奈良にお立ち寄りくだされ」とまで言った。

寺の重鎮らへの土産《みやげ》として理兵衛は白銀《はくぎん》の包みと絹織物、昆布などの祝儀物を手配し、その目録は家老を通じて渡してある。

寺社奉行への礼は、能装束を拵《こしら》えて贈ることになった。忠興公の「前言撤回」は理兵衛が書状を書き、そこに忠興公は自らの花押《かおう》を記した。大名たる者、本文は代筆が当たり前である。藩主が国許に帰っている間のために、聞番は皆、花押だけの料紙を数十枚も手許に置いているほどだ。

使者らを送り出し、忠興公から労《ねぎら》いの言葉を受けて御殿を辞した。前から来る家臣らは理兵衛の姿を認めると、道を開けて頭を下げた。中には藩内で重きをなす家臣の顔もあって、「これは、ご丁寧なる仕儀」とこちらも礼を返す。

「奥村殿。此度は、真《まこと》にご苦労でござった」

己の役目を果たしただけであるのに、親身な声がやけに胸に沁《し》みる。蝉が鳴いている。

よく晴れた空を少し見上げてから、裏木戸から中に入った。

「お帰りなさりませ」

伊蔵まで何かを聞き及んでいるようで、板間に平伏して出迎える。

「よせ、よせ。似合わぬことをすると、寿命が減るぞ」

軽口を叩いて、奥から表への廊下を進む。執務部屋を覗《のぞ》くと、補佐役や書役らも揃って居並んでおり、一斉に頭を下げた。

「手を止めるな。此度の一件落着、すぐさま廻状を用意せねばならぬぞ」

己の手柄を誇るのではない。聞番で「先例」を共有するのだ。公儀と自藩の立場をいかに解釈して、いかに掛け合ったかを残して伝える。

理兵衛は面々の顔を見回し、頰を紅潮させている顔に視線を留めた。

書斎に来るように告げ、先に歩き出した。野口は「はッ」と声を張って応《こた》え、すぐさま背後に追いついてくる。坪庭沿いに鉤形《かぎがた》に巡ると、野口は先に回って腰を下げ、片膝立ちで障子を引いた。

今日は朝から御殿に詰めていたので、書斎の中は薄暗がりだ。付書院《つけしょいん》の窓障子を開け放ち、陽射しと風を入れる。上座に腰を下ろし、掌で指し示して真正面に野口を坐らせた。

「此度はご苦労であった。殿から格別に、お褒《ほ》めの言葉を頂戴した」

「いいえ。御留守居役がお独りで踏ん張られたのでござります。此度の一件に競《せ》り負ければ、御家の損失は甚大にござりました」

補佐役らが話すのを耳にしてか、昂奮したような口ぶりだ。しばらく野口が語るのを聞いてやり、本人が気づくのを待つ。蟬の鳴き声だけになって、ようやく用件に考えが及んだようだ。顔に笑みを張りつけたまま口を噤《つぐ》み、やがて訝《いぶか》しげに目を細めた。

「小堀の、無礼討ちの一件だ」

微動だにしなくなった。

「飛脚問屋の手代と口入屋の主、通りに面した水茶屋の女、証人はこの三人であったな。この者らを買収したのは、その方だな」

何の音も発しない。

「野口、その方は、あの晩、一緒におったのだ。町人らに非礼な振舞いに及ばれたのはお前だ。二八蕎麦《そば》の爺《じい》さんが成行《なりゆき》をすべて見ていた。いや、確かにおったのだ。店仕舞いをして行燈《あんどん》の火も落としていたので、その方らは気づかなかったようだと申している。だがあの夜は半月で、その方らの手提灯《てぢょうちん》もあった」

野口の顔から血の気が引いてゆく。

「銀子《ぎんす》で買わずとも、本物の証人はいた」

「そんなはずは」

声をようよう、絞り出した。

「私の聞番仲間が調べた。間違いはない。これ、この通り、口書《くちがき》も取ってある」

懐から切紙を出し、野口の膝の前に置いた。ゆっくりと手を伸ばしているが、瘧《おこり》がついたかのように指が震え、持ち上げられない。

多田の調べによると、小堀と野口はやはり幼い頃からの朋友で、一時はよく呑み歩き、悪所《あくしょ》通いも一緒であったそうだ。二人はあの夜、久方ぶりに連れ立ち、品川《しながわ》宿まで足を延ばして端女郎《はしじょろう》を買った。江戸屋敷には門限がある。帰り道を急いでいた。そして近道を思いついてか、往来よりも少し狭い脇道に入ったようだ。そこで、町人らと悶着が起きた。

相手の連中はひどく酔っており、向こうから絡んできた。そこだけは、野口の申し立ては真実だった。

ただ、絡まれたのは野口である。小堀はそれで頭に血を昇らせ、刀の鯉口《こいぐち》を切った。

月光で一閃《いっせん》が走った。血飛沫《ちしぶき》を浴びた者らはけたたましく転《まろ》び、這《は》うように散った。屍《しかばね》が一つ、残った。

連中は無宿人《むしゅくにん》であったらしく、多田の手の者でも行方《ゆくえ》は突き止められなかった。屍については八作藩より町奉行所に無礼討ちの届を出したので、すでに町役人に命じて葬らせている。

その後、しばし放心した体《てい》であった野口がいきなり喚《わめ》いたのを蕎麦屋の爺さんは聞いている。

「何てことをしてくれた。誰も、事の次第を見ておらぬではないか」

「落ち着け、野口」

「よくも、そんな。このままでは、おぬし、腹を切らねばならんのだぞ」

小堀は無礼討ちが認められる条件を失念していたか、料簡違いを起こしていたか。俄かに狼狽《うろた》え始めた。

「どうすればいい。野口、おぬし聞番であろう。何とかしてくれ」

「そうだ。何とかせねば、何とか」

野口は譫言《うわごと》のように繰り返し、小堀を無理やり町家の軒下に押し込んだ。そして月明かりの下、目を凝らす。按摩《あんま》や医者の風体《ふうてい》の者をやり過ごし、遊び人風の男二人が女を連れて通りがかった。

「その方、何と持ち掛けたのだ」

野口の目はあらぬ方を見て、それでも白い唇を動かした。

「道案内を頼みたい、と」

「相手がよく乗ってきたものだ」

「博打《ばくち》で有り金をすったと大声で話していたのが聞こえましたゆえ、道々、口書を取らせるだけで礼金が得られる仕事があると教えました」

「飛脚問屋の手代と口入屋の主、通りに面した水茶屋の女というのは、出鱈目《でたらめ》であるな」

「町奉行所の埒外《らちがい》の事件です。御留守居役さえ」

そこで言葉が途切れた。

「私さえ騙《だま》しおおせれば事は済むと、考えたか」

野口の黒目が定まっていない。

「その方が買収した者らは常日頃悪事を働く仲間で、遊び金欲しさに押し込みを働いて町方に捕えられたのだ。牢内でも神妙にするどころか肩をそびやかし、己のしてきたことを吹聴した。その悪自慢の一つに、お前のかかわった一件があったのだ。その男は喧嘩沙汰の証人になってくれたら礼を弾むと、武家に持ち掛けられたと言ったらしい。何も書いていない紙に爪印《つめいん》だけを押して、飛脚問屋の手代に成りすましたと笑うておったそうだ。口入屋の主にした男はその者の使い走りで、水茶屋の女は男の情婦だ。二人とも共に押し込みを働いたゆえ、縄について小伝馬町にいる」

「お許しください」

我に返ってか、野口は大声を出して畳に突っ伏した。

「控えよ。執務部屋に聞こえる」

「私も腹を切らねばならぬのでしょうか」

総身を震わせ、泣き始めた。

多田が訪れて調べを伝えてくれた日から、理兵衛はその仕置をずっと考えてきた。

「蕎麦屋の爺さんは証人になってもいいと、請け合ってくれたらしい。つまり最初の喧嘩沙汰は、やはり無礼討ちで落着できる」

野口が顔だけを上げた。

「では」

「町人を買収して偽の証人を仕立てた仕儀は、それとは別件だ。おぬしも小堀も、召し放ちが妥当であろう」

家禄を召し上げられ、領地内から追放される。

「そんな。父母はどうなります。まだ幼い弟妹もおるのです」

己を恥じて腹を切ると申し立てれば引き留めようと考えていたが、目の前の無様な姿を目にするうちに厭《いや》になった。

悄然《しょうぜん》とする。

国許に帰らず、妻をも離縁し、まさに命懸けで聞番を勤めてきた。その二十年の果てがこれか。かように愚かな配下によって、私は御役を失うのか。

頰が冷たくなる。滝音がまた轟いて、水飛沫を浴びる。

あの楓の枝の、何と頼りないことよ。あの一本の指の、何と細いことよ。

もう落ちてしまおうか。

風が渡り、多田の声が遠くで響いた。

死ぬなよ。

こんなことでおぬしが腹を切れば、悪しき先例になる。

わかっているが、己の配下がしでかしたことだ。他にどうやってこの始末をつければいい。

野口はまだ背中を丸め、頭を抱えて震えている。

その姿を見ながら考えた。ようやく肚《はら》を決めた。

「野口直哉。今から、仕置を致す」

惨め《みじ》な背中が緩慢に動き、ようやく目を合わせてくる。白目が醜《みにく》く滲《にじ》み、血走っている。

「その方は偽証人を仕立てた罪によって、切腹。安心しろ。介錯《かいしゃく》は私がしてやる」

野口の家は、忠興公に嘆願して残す。上士のままではおられぬかもしれぬが、いかなる手を使ってでもそれはしてやろう。そのすべてを済ませてから、私も腹を切る。己がいなくなった後の藩がどうなろうが、知ったことではない。誰かがどうにかするものだ。

一歩引いて見渡せば、諦念《ていねん》ではない安堵が心に広がる。なぜか大雪の顔が泛《うか》んだ。あの時、何ゆえ私から「妾になれ」と言わなかったのだろう。

「だが、もう一案ある」

野口の髻《もとどり》はすっかりと崩れ、月代《さかやき》や額に髪の毛が幾筋も張りついている。

「己の落度《おちど》の何もかもを闇に埋めて、生きる」

理兵衛が言うと、野口の突き出た咽喉仏が動いた。

「牢内の者らがいかに申し立てたとて、私は知らぬ存ぜぬで押し切る。この道を取る方が藩の名を穢《けが》さず、おぬしの家も従前通りだ。誰も何も失わぬ。この御役もだ」

理兵衛はそこで言葉を切り、「ただ」と息をついた。

「己《おの》が保身のために口を噤《つぐ》んで生きるは、もはや武士とは言えぬ。それでも聞番である限りは、いついかなる場合も冷静に掛け合わねばならぬのだ。諸事に通じて物事を見極め、易《やす》きに流されず、無益な争いを避けて藩と家中の安堵を守らねばならぬ。報われることなど、ほとんど無い」

野口は瞠目《どうもく》していた。初めて、胸の底が軋《きし》むほど想像している。

「かくも無残な人生に、お前は残るか」

私はお前が選んだ方につき合おう。

「御留守居役」

野口が唇を震わせた。涙と洟《はな》が入り混じって、濡れている。滝壺を覗き込んだような目だ。

ようやく、肚の底から絞り出すような声で返答を告げた。

楓の枝を摑んだ、ただ一本の指に力を籠めている。指の節が白くなるほどに、野口はひしと握り締めていた。

理兵衛は、「しかるべく」と答えた。

解説

細谷正充

　ＰＨＰ文芸文庫で刊行している、現役の女性作家の作品を集めた時代アンソロジーも、本書『さむらい〈武士〉時代小説傑作選』で十八冊目になる。累計発行部数も五十万部を越え、まだまだ売り上げは好調とのこと。できれば今後も刊行を続け、累計百万部を目指したいものである。

　そのために必須《ひっす》なのが、読者の興味を惹《ひ》くテーマと、優《すぐ》れた作品をセレクトすることだ。本書のテーマは〝武士〟という、時代小説ではお馴染《なじ》みのもの。しかしこのアンソロジー・シリーズは、意外とオーソドックスなテーマが少ないので、あらためて作ってみるのも面白《おもしろ》いと考えた。

　もちろん収録した作品は、どれも優れている。五人の作家が描き出す、江戸の武士とその家族の諸相は、とても魅力に満ちているのだ。

「花散らせる風に」あさのあつこ

児童文学でデビューしたあさのあつこが、早くから時代小説を書きたいと思っていたことは、現在では周知の事実であろう。そんな作者は、二〇〇六年二月刊行の『弥勒《みろく》の月』を皮切りに、続々と時代小説を発表。

シリーズ物も数多く手がけている。そのひとつが、六万石の小藩を舞台にした「小舞藩《おまいはん》」シリーズだ。少年藩士・新里林弥《にいざとりんや》の成長を描いた正篇三冊と、小舞藩に生きる人々を描いたスピンオフ短篇集『もう一枝《いっし》あれかし』が刊行されている。本作は、その短篇集に収録されている作品だ。

小舞藩筆頭家老の葉村吉佐衛門《はむらきちざえもん》は、豪商と密に繋《つな》がることも、金の力を借りて己の勢力を広げることも、恬《てん》として恥じぬ男である。今も、城下一の豪商の紀野屋藤《きのやとう》平太《へいた》から与えられた花江《はなえ》という女を身近に置いている。しかし一方で、熱心に藩政に取り組んできた。

その吉佐衛門が執政《しっせい》会議で提案した、新田作りのための荒蕪地《こうぶち》の開発が、中老の山中織部《やまなかおりべ》に反対される。なぜ、農に適さぬ岩裡《いわうら》が開墾地《かいこんち》に選ばれたのか、納得がいかぬというのだ。だが、三十年前の悲恋と、そのときの約束から、吉佐衛門は岩裡にこだわらざるを得なかったのである。

と、過去の回想で吉佐衛門の背負っている想いが分かったところで、ストーリーは現代に戻り、とんでもない展開を迎える。こうきたかと、かなり驚いてしまった。花江や紀野屋など、脇役の描き方もよかった。そして、清濁併《せいだくあわ》せのみながら生きてきた主人公の選択から、藩政に携《たずさ》わる武士の生き方が、鮮やかに浮かび上がってくるのである。冒頭を飾るに相応《ふさわ》しい秀作だ。

「ふところ」中島 要

本作が収録されている『御徒《おかち》の女』は、貧乏御徒の國木田《くにきだ》家に嫁いだ栄津《えつ》の長き歳月を描いた連作短篇集だ。本作は、その第五話。栄津が三十二歳のときのエピソードである。

いつも栄津を叱っていた姑《しゅうとめ》の千代《ちよ》が亡くなって四十九日が済んだ。解放感と同時に、閉まりきらない戸の隙間《すきま》から風が吹き込んでくるような気もしている栄津。そんな彼女のもとに、何人かの人物が訪ねてくる。

ちょっとした愚痴《ぐち》を零《こぼ》す、品川で小料理屋を営むりんはいいとして、問題なのは御徒目付《めつけ》の浅田又二郎《あさだまたじろう》だ。又二郎の実家の水嶋《みずしま》家は、栄津の実家である長沼《ながぬま》家の隣であった。つまり二人は幼馴染《おさななじみ》だ。とはいえ又二郎が来訪したのは、栄津を気遣ってのことではない。水嶋家のゴタゴタを、彼女に何とかしてもらおうとしていたのだ。都合のいいお願いに呆《あき》れ、これを断る栄津。だが、ゴタゴタの原因である又二郎の母親までやってくるのだった。

従順な武士の妻と周囲に思われている栄津だが、意外と強い芯《しん》を持っている。又二郎たちの勝手な話に辟易《へきえき》しながら、自分と姑の関係を見直す主人公の心の動きが、本作の読みどころだ。そして姑から教えてもらったことを、栄津が娘に伝えようとするラストに、静かな感動が押し寄せてくる。家門が続くことの本当の意味を、本作は教えてくれるのだ。

「小普請組《こぶしんぐみ》」梶よう子

瀬戸物屋の五男坊の留吉《とめきち》は、割と軽い気持ちで、小普請組の御家人《ごけにん》・野依《のえ》家の養子となり、名前を駿平《しゅんぺい》と改めた。ちなみに小普請組とは、徳川家の家臣で無役無勤の者が属す組織だ。野依家には十歳になるひとり娘のもよがおり、ゆくゆくは駿平の妻になる予定。当主になるとしても、その頃だろうと思っていたら、体の弱い養父の孫右衛門《まごえもん》の隠居願いが受理され、わずか一年で当主になるのだった。

かくして新当主になった駿平は、「まずは御徒を目指しましょう」と養母の吉江《よしえ》にいわれ、就職活動を始めることになる。幼馴染の矢萩智次郎《やはぎともじろう》に付き添いをしてもらい、小普請支配の屋敷に行き、挨拶《あいさつ》をしようとする。これが小普請組の就活の基本だ。なんとか屋敷に入った二人だが、黒田半兵衛《くろだはんべえ》と名乗る男と遭遇《そうぐう》。まるで就活コンサルタントのような半兵衛と絡《から》んだことで、とんだ騒動にかかわることになるのだった。

町人から武士になった駿平の視点で、まず武家社会の仕来《しきた》りなどが、面白おかしく綴《つづ》られていく。さらに就活をする小普請組の人々も活写。現代にも通じる就活の実態が露《あら》わになっていく。いろいろ笑わせてくれる半兵衛も、知ってみれば味のあるキャラクターだ。そんな出会いや体験を経て、懸命に武士として生きていこうと決心する、駿平の姿が気持ちいい。

なお駿平の就活がどうなるか知りたい読者は、本作から始まる連作集『立身《りっしん》いたしたく候《そうろう》』を手に取ってもらいたい。彼の行動を追っているうちに、さまざまな武士の仕事に、詳しくなってしまうのである。

「最後の団子《だんご》」佐藤　雫

鎌倉幕府の三代将軍・源　実朝《みなもとのさねとも》と、その妻の信子《のぶこ》を主人公にした歴史小説『言の葉は、残りて』で、第三十二回小説すばる新人賞を受賞し、佐藤雫はデビューした。以後、堅実なペースで長篇を発表。本作は、その作者の書き下ろし作品だ。長篇同様、素晴らしい物語である。

四千石の大身《たいしん》旗本・水野《みずの》家の十二歳になる娘の綾《あや》は、風邪《かぜ》で寝込んでいた。昔から綾の父である水野菖三郎《しょうさぶろう》に仕えている茂七《もしち》（愉快なキャラクターである）が、彼女の好きな餡《あん》団子を持ってきてくれた。喜ぶ綾だが、甘味《かんみ》を好む父親が、決して団子を食べないことに疑問を抱いた。そのことを茂七に聞くと、菖三郎の若き日の出来事を語ってくれるのだった。

ここから一千石の旗本・渡辺《わたなべ》家の三男だった菖三郎の話になる。一生、部屋住みで終わる可能性が高いと思っている菖三郎は、昌平坂《しょうへいざか》学問所の帰りに好きな甘味を頬張るのが楽しみで、この生活が続けばいいと思っていた。

ある日、よく行く団子屋の小女《こおんな》のはつが、勤番 侍《きんばんざむらい》に絡まれているところを助けた菖三郎。これが縁になり、二人は親しくなるのだが……。

読んでいると、菖三郎とはつが接近するきっかけになったエピソードが、同時に、二人の別れに繋がるエピソードであることが分かってくる。巧みな構成だ。また、ラストの綾と菖三郎の会話で、物語の着地点を温かなものにしたことも注目すべきだろう。いい話である。

「落猿」朝井まかて

ラストは、武士の厳しさを活写した朝井作品にした。物語の主人公は、七万五千石の八作《やはぎ》藩の江戸留守居役《るすいやく》・奥村理兵衛《おくむらりへえ》だ。留守居役を簡単にいえば、藩の外交官である。詳しいことは本作の中に書かれているので、そちらを参照していただきたい。

ベテランの留守居役の理兵衛だが、藩士の無礼討《ぶれいう》ちを無難に解決しながら、二十《はた》歳《ち》を少し過ぎた補佐役・野口直哉《のぐちなおや》の成長を見守る。〝人を育てるとは、こちらから働きかけることではない。相手が自ら動くのをひたすら待つ、その堪忍《かんにん》がほとんどだ〟という理兵衛の慨嘆《がいたん》は、部下を持つ社会人なら大きく頷《うなず》いてしまうだろう。

その後、他藩の留守居役とのやり取りや、理兵衛の駆け出し留守居役時代の苦労を描きながら、ストーリーはメインの騒動に突入。寺社奉行との折衝《せっしょう》で本領を発揮したかと思ったら、その展開は予想もしなかった。ああ、これはやられた。しかもラストで、武士としての生き方を問うて、結末を読者に委《ゆだ》ねる。技巧を凝《こ》らして武士の本質を表現した名作である。

以上五篇。さまざまな角度から武士を扱った作品を集めたつもりである。この解説のために各作品を読み返し、あらためて思ったのが、武士も人間だということだ。現代の人々が物語に共感できる理由が、そこにある。武士とその家族のヒューマンドラマを、存分に堪能《たんのう》していただきたい。

（文芸評論家）

出典

「花散らせる風に」（あさのあつこ『もう一枝あれかし』文春文庫）
「ふところ」（中島 要『御徒の女』実業之日本社文庫）
「小普請組」（梶よう子『立身いたしたく候』講談社文庫）
「最後の団子」（佐藤 雫　書き下ろし）
「落猿」（朝井まかて『草々不一』講談社文庫）

本書は、ＰＨＰ文芸文庫のオリジナル編集です。

本文中、現在は不適切と思われる表現がありますが、差別的な意図を持って書かれたものではないこと、また作品が歴史的時代を舞台としていることなどを鑑み、原文のまま掲載したことをお断りいたします。

朝井まかて（あさい　まかて）
1959年、大阪府生まれ。2008年、『実さえ花さえ』で小説現代長編新人賞奨励賞を受賞し、デビュー。14年、『恋歌』で直木賞、16年、『眩』で中山義秀文学賞、17年、『福袋』で舟橋聖一文学賞、18年、大阪文化賞、『雲上雲下』で中央公論文芸賞、『悪玉伝』で司馬遼太郎賞、21年、『類』で芸術選奨文部科学大臣賞、柴田錬三郎賞を受賞。著書に『ボタニカ』『朝星夜星』『秘密の花園』『青姫』などがある。

編者紹介
細谷正充（ほそや　まさみつ）
文芸評論家。1963年生まれ。時代小説、ミステリーなどのエンターテインメントを対象に、評論・執筆に携わる。主な著書・編著書に『歴史・時代小説の快楽 読まなきゃ死ねない全100作ガイド』「時代小説傑作選」シリーズなどがある。

著者紹介

あさのあつこ

1954年、岡山県生まれ。青山学院大学文学部卒業。97年、『バッテリー』で野間児童文芸賞、99年、『バッテリーII』で日本児童文学者協会賞、2005年、『バッテリーI～VI』で小学館児童出版文化賞、11年、『たまゆら』で島清恋愛文学賞、24年、「おいち不思議がたり」シリーズ他で日本歴史時代作家協会賞シリーズ賞を受賞。著書に「弥勒」「闇医者おゑん秘録帖」「燦」シリーズ、『神無島のウラ』などがある。

中島　要（なかじま　かなめ）

早稲田大学教育学部卒業、2008年、「素見（ひやかし）」で小説宝石新人賞を受賞。10年、『刀圭』で単行本デビュー。18年、「着物始末暦」シリーズで歴史時代作家クラブ賞シリーズ賞を受賞。著書に『産婆のタネ』『誰に似たのか』『吉原と外』、「大江戸少女カゲキ団」シリーズなどがある。

梶よう子（かじ　ようこ）

東京都生まれ。2005年、「い草の花」で九州さが大衆文学賞大賞、08年、「一朝の夢」で松本清張賞、16年、『ヨイ豊』で歴史時代作家クラブ賞作品賞、23年、『広重ぶるう』で新田次郎賞を受賞。著書に『我、鉄路を拓かん』『噂を売る男 藤岡屋由蔵』『紺碧の海』、「商い同心」「摺師安次郎人情暦」シリーズなどがある。

佐藤　雫（さとう　しずく）

1988年、香川県生まれ。2019年、『言の葉は、残りて』（「海の匂い」改題）で小説すばる新人賞を受賞してデビュー。著書に『さざなみの彼方』『白蕾記』『花散るまえに』『行成想歌』などがある。

ＰＨＰ文芸文庫　さむらい
〈武士〉時代小説傑作選

2025年１月20日　第１版第１刷

著　　者	あさのあつこ　中島　要 梶ようう子　佐藤　雫 朝井まかて
編　　者	細　谷　正　充
発行者	永　田　貴　之
発行所	株式会社ＰＨＰ研究所

東京本部　〒135-8137 江東区豊洲5-6-52
文化事業部　☎03-3520-9620（編集）
普及部　☎03-3520-9630（販売）
京都本部　〒601-8411 京都市南区西九条北ノ内町11

PHP INTERFACE　https://www.php.co.jp/

組　　版	朝日メディアインターナショナル株式会社
印刷所	TOPPANクロレ株式会社
製本所	東京美術紙工協業組合

©Atsuko Asano, Kaname Nakajima, Yoko Kaji, Shizuku Sato, Macate Asai, Masamitsu Hosoya 2025 Printed in Japan
ISBN978-4-569-90443-6
※本書の無断複製（コピー・スキャン・デジタル化等）は著作権法で認められた場合を除き、禁じられています。また、本書を代行業者等に依頼してスキャンやデジタル化することは、いかなる場合でも認められておりません。
※落丁・乱丁本の場合は弊社制作管理部（☎03-3520-9626）へご連絡下さい。送料弊社負担にてお取り替えいたします。